KB078629

# 비룡잠호

秘龍潛虎

오채지 新무협 판타지 소설

# 비룡잠호 ㄱ

오채지 新무협 판타지 소설

초판 1쇄 찍은 날 § 2012년 2월 20일
초판 1쇄 펴낸 날 § 2012년 2월 27일

지은이 § 오채지
펴낸이 § 서경석

편집부장 § 권태완
편집책임 § 주소영

펴낸곳 § 도서출판 청어람
등록번호 § 제1081-1-89호
등록일자 § 1999. 5. 31
어람번호 § 제2-2206호

주소 § 경기도 부천시 원미구 심곡2동 163-2 서경B/D 3F (우) 420-822
전화 § 032-656-4452 팩스 § 032-656-4453
http://www.chungeoram.com
E-mail § chungeoram@chungeoram.com

ISBN 978-89-251-2779-8 04810
ISBN 978-89-251-2591-6 (세트)

秘龍潛虎

# 비룡잠호

[완결]

**7**

오채지 新무협 판타지 소설

FANTASTIC ORIENTAL HEROES

청어람

# 目次

第一章
혈사(血事)

꽈앙!

귀청을 찢는 굉음과 함께 무수한 돌덩이를 동반한 폭풍이 몰아쳤다. 두 사람은 날벼락 같은 돌덩이들을 피해 비동의 굴곡진 곳으로 몸을 던졌다.

돌덩이들이 여기저기 부딪치고 터지면서 비동 전체가 후폭풍에 시달렸다. 잠시 후 지진이라도 난 것 같은 진동이 점차 잦아들면서 사방은 뿌연 먼지로 가득했다. 그 먼지 사이로 암록의 서광이 쏟아져 들어왔다.

결국 구멍이 뚫린 것이다.

적에게 사로잡혔던 탓인지 하룻밤을 어둠 속에서 보내다 만나는 서광은 장구한 세월을 살아오면서 만난 그 어떤 아침의 빛보다 경이로웠다.

　그 감탄이 사라지기도 전에 살극달은 작고 미세한 소리의 단절을 느꼈다. 공동엔 아직도 수십 개의 불붙은 도화선이 있었다. 단절감은 그중 하나가 도화선을 모두 태워 버림으로써 생겨나는 것이었다.

　"뛰어!"

　발작적인 외침에 이은 빗살 같은 신법.

　살극달과 수라마군은 먼지 구덩이 너머로 보이는 서광을 향해 전속력으로 달렸다. 뒤쪽의 공동 깊숙한 곳으로부터 폭발이 일어난 것도 동시였다.

　꽈앙!

　커다란 공간을 울림통 삼아 무지막지한 폭음이 울렸다. 첫 번째 폭발을 시작으로 두 사람이 비동을 빠져나가기도 전에 또 다른 폭발이 연쇄적으로 일어났다.

　꽝꽝꽝꽝!

　벽과 바닥이 갈라지고 천장이 무너져 내렸다. 후방에선 엄청난 압력풍이 닥쳐와 두 사람을 비산하는 돌덩어리 사이로 밀어 넣었다. 두 사람은 몇 걸음 남지 않은 출구를 향해 미친 듯이 장력을 쏟아냈다.

폭음과 격장음, 그리고 천장이 무너지는 소리가 하나로 섞여 공동은 그야말로 지옥도를 방불케 했다. 그러다 어느 순간 모든 소리가 웅장한 하나의 소리에 묻혀 버렸다.

 고대 괴물의 으르렁거림 같은 굉음은 수십 년을 존재해 온 석가장의 지하 비동이 통째로 함몰하는 소리였다. 미처 비동을 빠져나가지 못한 살극달은 쏟아지는 바위에 깔려 버렸다.

 그러곤 침묵이 찾아왔다.

 등으로부터 예사롭지 않은 압력이 느껴졌다.

 살극달은 섣불리 움직이지 않고 자신의 상태를 점검했다.

 왼쪽 어깨에서 강렬한 통증이 느껴졌다.

 팔과 손목이 의지대로 움직이는 걸 보면 골절은 아닌 것 같고 살짝 금이 간 모양이었다. 찰나의 순간 몸이 으스러지는 걸 방지하기 위해 호신강기를 극도로 끌어 올린 덕분이리라. 그렇다고 해도 꼴사나운 모습이 아닐 수 없었다. 바위에 깔려 통째로 생매장을 당할 처지라니.

 살극달은 불현듯 수라마군의 안위가 궁금했다.

 '그는 빠져나갔을까?'

 폭발이 일어나기 전 수라마군은 한 걸음 정도 뒤처져 있었다. 자신은 한 걸음 앞서고도 이 정도의 바위에 깔린 걸 보면 한 걸음의 차이가 어쩌면 생사를 갈랐을지도 모른다.

 '쉽게 죽을 인간은 아닌 것 같은데……'

살극달은 양강진기를 혈도 곳곳으로 흘려보냈다. 진기가 몸 전체로 퍼지면서 평소의 공력이 온전하게 느껴졌다.

살극달은 양손으로 천천히 바닥을 밀었다. 다시 한 번 왼쪽 어깨에서 강한 통증이 느껴졌다. 등이 솟구치면서 무겁게 짓누르고 있던 바위들이 우수수 밀려났다. 다행히 그리 많은 바위에 깔리진 않았나 보다. 마지막 순간, 서광을 향해 전속력으로 달린 것이 주효했다.

몸을 일으키고 보니 사방엔 먼지가 자욱했다. 거대한 지반이 통째로 함몰했는데도 자신이 서 있는 곳은 여전히 주변보다 높았다.

아마도 본래의 모습은 산이었나 보다.

폭발의 여파로 곳곳에선 아직도 돌과 바위들이 흘러내리고 있었다. 뿌리를 반쯤 드러낸 채 쓰러진 고목들도 숱하게 보였다.

아수라장이 따로 없었다.

"네 말이 맞았어."

갑작스러운 목소리에 살극달은 뒤를 돌아보았다.

뿌리를 드러낸 채 쓰러진 고목의 밑동에 수라마군이 앉아 있었다. 머리카락은 풀어 헤쳐져 산발이 따로 없고 옷자락은 돌조각에 찢겨 넝마가 따로 없지만 신색만은 한가로웠다.

귀신이 곡할 노릇이었다.

분명 자신보다 뒤처졌거늘 어찌하여 먼저 나왔단 말인가.

"어떻게 된 거지?"

"말했잖나. 자연계에 존재하는 물질로는 나를 옭아맬 수 없다고."

뇌옥에서 수라마군이 했던 말이 떠올랐다.

"물질을 이루는 가장 작은 단위들. 기운이 깃들고 머물다 공(空)으로 사라지는 것. 그리하여 마침내 하나이면서 우주가 되는 것."

백련정강으로 만든 쇠사슬도 결질(結質)에 내기를 흘려보내 모래처럼 부숴 버리는 수라마군이었다. 그런 그가 바위 몇 개쯤 으스러뜨리는 건 일도 아니었을 것이다.

"다행이야. 하마터면 둘 다 죽을 뻔했어."

"아직은 자축을 할 때가 아닌 것 같은걸."

살극달은 문득 이상한 기운을 느끼고 수라마군이 바라보는 곳을 향해 시선을 던졌다. 암록의 새벽빛이 내려앉은 교목 숲 너머로 커다란 공터가 보였다. 어제까지만 해도 용봉지연의 비무대회가 펼쳐졌던 연무장이었다.

수서호가 연무장 왼쪽에 있는 것으로 보아 두 사람은 석가장의 동쪽 숲 한가운데 솟은 언덕의 가장자리에 서 있었다. 지반이 함몰하지 않았다면 언덕이 아니라 야트막한 산이었을 것이다.

그리고 언덕의 가장자리에서 내려다보는 연무장에는 물경 일천을 헤아리는 대병력이 중무장을 한 채 포진해 있었다.

그들은 한 명도 빠짐없이 연무장의 동쪽 숲, 정확히 말하면 거대한 폭발과 함께 내려앉은 언덕 위의 두 사람, 살극달과 수라마군을 뚫어지게 바라보고 있었다. 하나같이 황당함과 경이로움이 뒤섞인 묘한 표정들이었다.

"하필이면 호랑이가 아가리를 벌린 곳으로 나올 줄이야."

살극달이 말했다.

"숫자가 너무 많은걸."

수라마군이 말했다.

"서두르지 않으면 더 많아질 거야."

석가장을 중심으로 수서호의 곳곳에선 불화살과 명적(鳴鏑)이 쉴 새 없이 치솟아 새벽하늘을 가르고 있었다.

특히 무려 백여 장이나 솟구치는 불화살은 근동의 동료들을 향한 것이 아니었다. 불화살은 더욱 광범위한 지역, 즉 양주 곳곳에 흩어져 있는 병력을 불러 모으고 있었다.

"모두 모이면 삼천 명쯤 될 거야. 아직 절반도 채우지 못한 걸 보면 불화살을 쏜 지 얼마 되지 않았어."

살극달이 말했다.

"그걸 어떻게 알지?"

"네가 나타나지 않는 바람에 엿새 동안 할 일이 별로 없었지."

용봉지연이 펼쳐지는 엿새 동안 살극달은 장자이와 매상옥에게 일러 구패가 양주로 올 때 대동한 무인들과 그들에게 협조적인 중소문파의 무인들까지 포함해 강동석가가 동원할 수 있는 병력이 얼마나 되는지 조사를 하도록 했다.

그때 파악한 병력이 삼천이었다.

"사람들이 왜 너를 전쟁의 신이라 부르며 두려워했는지 알 것 같군."

수라마군이 뜬금없이 살극달을 추켜세웠지만 정작 속으로 적잖게 놀라는 사람은 살극달이었다. 지금의 이 상황이 어쩐지 의도된 것 같았기 때문이다.

애초 수라마군은 구패를 치기 위해 오백의 병력을 동원했다. 그들 하나하나가 일당 십의 일류고수들이라고 해도 오백으로 삼천을 치는 것은 계란으로 바위를 치는 것이나 다름없었다.

수라마군이 미치지 않은 다음에야 그런 무모한 짓을 벌일 리 없다. 그럼에도 불구하고 수라마군은 단 오백의 병력을 이끌고 양주로 진입했다. 무언가 안배가 있다는 뜻인데, 자신이라면 어떻게 했을까?

먼저 적을 분산시켰을 것이다.

양 떼 속에 뛰어든 범처럼 적을 분산시켜 놓은 후 하나씩 척살해 나가는 것이다.

살극달은 수라마군이 석가장에 집결한 병력을 양주 전역으로 흩어놓으려고 일부러 잡혔으며 그가 이끌고 왔던 오백의 병력 또한 우두머리를 잃은 잔병이 되어 양주를 탈출할 것처럼 꾸몄다고 확신했다.

"다음 작전은 뭐지?"

살극달이 물었다.

전쟁의 신이니 뭐니 해서 추켜세워 주지만 이 정도의 전술을 세울 정도라면 수라마군에게도 무언가 안배가 있지 않을까 하는 생각 때문이었다.

수라마군은 살극달의 말을 즉각 알아들었다.

"이젠 내 속마음까지 꿰뚫어 보는 건가?"

"내 말을 알아듣는 걸 보니 확실히 무언가 있나 보군?"

"난 뛰어난 전술가는 될 수 있을지언정 전략가는 되지 못한다. 구백 년을 살면서 몸소 치른 전쟁이라곤 백백궁의 혈사가 유일하지. 말하지 않았나, 오래 살았다고 해서 모든 방면에 정통할 수는 없다고."

"그런 소리나 듣자고 물은 게 아니다."

"예정대로라면 동이 터 오를 무렵 흑우병단(黑牛兵団)이 석가장으로 진입해야 한다."

"흑우병단?"

"내가 이끌고 왔던 오백의 병력을 일컫는 말이다. 한데 우리는 너무 일찍 적에게 노출되었고, 흑우병단은 제때에 당도할 수 없을지도 모르겠다."

"무슨 뜻이지?"

"네가 돌무더기에서 나오기 직전 수서호로 향하는 수로에서 대포 소리가 요란하게 울렸는데, 아무래도 접전이 벌어진 듯하다."

수라마군의 말대로라면 석가장으로 오는 도중 적들과 교전이 벌어졌다는 것인데, 이렇게 되면 제때에 당도하기는커녕 아예 오지 않을 수도 있었다. 최악의 경우 단둘이서 삼천의 병력을 상대해야 하는 것이다.

하지만 피하기에는 너무 늦었다.

다른 방도를 찾기에도 늦었다.

그 순간, 연무장에 집결해 있던 일천의 병력이 기묘한 방향으로 흐르기 시작했다.

진법을 펼치는 것이다.

물처럼 흐르던 병력은 어느 시점에 이르러 하나의 커다란 괴물로 변해 버렸다. 잠시 후 진의 중앙이 썰물처럼 갈라지더니 그중 일부가 숲을 향해 질주해 왔다.

그들은 다시 두 갈래로 나뉘어 한쪽은 좌우에서 숲을 포위

하며 쇄도했고, 나머지 한쪽은 곧장 살극달과 수라마군을 향해 달려왔다. 적과의 거리는 불과 오십여 장도 남지 않았다.

"아는 사람… 그러니까 벗은 아니지만 그래도 적이라고는 할 수 없는 사람을 죽여본 적 있나?"

수라마군의 느닷없는 질문에 살극달은 의아한 표정을 지었다.

"너 같은 사람을 두고 하는 말인가?"

"정말 귀신이 따로 없군."

"쓸데없이 오래 살다 보니."

수라마군은 피식 웃었다.

살극달이 다시 물었다.

"내가 널 죽일 거라고 생각하나?"

"만약 그런 상황이 온다면 어떻게 할 건가?"

살극달은 얼굴을 굳혔다.

오랜 시간을 겪어보진 않았지만 수라마군은 농담을 하는 사람이 아니다. 사소한 것이라도 그가 말을 할 때는 분명 이유가 있다. 살극달은 예지몽에서 자신이 죽는 모습을 봤다고 하던 수라마군의 말이 생각났다.

"그 예지몽에서 너를 죽인 사람이 나였나?"

"알다시피 세상엔 인간의 폭으로 이해할 수 없는 일들이 많다. 우리의 존재가 그 증거지. 마공은 그것을 탐구하는 무학이다. 자연법칙을 초월한 저 너머의 세계 말이야. 마공의 세계는 광활하지."

"……?"

"그렇게 탄생한 마공 중에는 인간의 손에 흘러들어 가선 안 되는 것들이 있다. 바로 신의 힘이지. 만약, 누군가 신의 힘을 훔치려 한다면 주저없이 그를 죽여야 한다. 그게 아니라면 신의 힘을 없애야 한다."

"하고 싶은 말이 뭐야?"

"백백궁의 혈사 당시 소실된 비학들 중에 상대의 진원진기(眞元眞氣)를 흡수하는 것이 있었다."

"흡정대법(吸情大法)……!"

마도인들 사이에서 오랫동안 전설로만 떠돌던 무공의 이름이다. 한번 시전을 하면 상대의 공력을 몽땅 빨아들이기 전에 절대 멈추지 않는다는 공전절후의 마도비기가 지금 이 순간 왜 언급되는가.

"흡정대법이 구패의 수중에 떨어졌단 말인가?"

"나는 그렇다고 확신한다."

구패 중 누군가가 수라마군의 내공을 노리고 있다. 구백 년이라는 장구한 세월을 살아온 수라마군의 내공을 손에 넣게 되면 그야말로 천상천하유아독존(天上天下唯我獨尊), 고금에 유례가 없는 절대 무적자가 탄생하게 된다.

수라마군은 그들에게 처치해야 할 요괴이면서 동시에 엄청난 내단을 지닌 영물인 것이다. 동질감을 느껴서일까? 살극달은 불현듯 뜨거운 열기가 치밀어 올랐다.

"그건 오류가 있다. 만겁윤회로는 분명 살상을 위한 것이었다. 흡정대법을 통해 너의 진기를 취하려 했다면 죽이려 할 이유가 없어."

"하지만 죽지 않았지."

"목숨만큼은 부지할 수 있도록 한 가지 안배를 심어두었다는 말인가?"

"만겁윤회로는 우리를 죽이기 위해 만든 것이 분명하다. 하지만 바로 숨이 끊어지도록 만든 것은 아니야. 그리고 숨이 한 줌이라도 남아 있다면 대법은 얼마든지 펼칠 수 있다. 하지만 그는 그 기회를 놓쳤다."

"그는?"

"그때 흡정대법을 손에 넣은 자는 다른 패주들에게 그 사실을 발설하지 않은 게 분명하다. 그렇지 않았다면 흡정대법을 차지하기 위해 서로 싸우다 결국 한 명만 남게 되었을 테니까. 흡정대법은 그날 그들이 백백궁에서 손에 넣은 모든 마공 비급들을 압도한다."

"뇌옥에 갇혀 있을 때 왜 진작 얘기하지 않은 거야?"

"지금의 상황을 초래한 이야기들을 모두 풀어놓기에 하룻

밤은 너무 짧지 않나? 그리고 지금도 그리 길게 얘기할 수 있는 상황은 아닌 것 같군."

살극달은 수라마군이 아직도 못한 말이 있다는 걸 직감적으로 알 수 있었다. 그럴 만도 하다. 구백 년의 삶이, 오늘의 이 상황을 초래한 사연이 그렇게 간단하게 설명될 수 있다는 것 자체가 어불성설이다.

하지만 아무리 시급해도 한 가지만큼은 묻지 않을 수 없었다.

"하면 우리가 뇌옥에 갇혔을 때 석단룡은 왜 대법을 펼치지 않았지?"

"경우의 수는 많다. 다른 패주들의 눈을 피해 대법을 펼칠 수 있도록 틈을 엿보는 중에 우리가 탈출했을 수도 있고. 아니면 흡정대법을 손에 넣은 자가 석단룡이 아닐 수도 있고."

"이런……!"

"만에 하나 우리 중 누군가 적에게 사로잡힌다면 남은 사람이 그를 죽이기로 하자. 어떤가?"

그때쯤엔 언덕의 경사를 타고 올라온 적들이 숲을 가득 채웠다. 살극달이 물었다.

"곤술은 좀 하나?"

"곤(棍)이야말로 만병의 조상이지."

살극달은 주변을 둘러보다 팔뚝만 한 나무 하나를 수도로 내려쳤다. '쩍' 소리와 함께 잘려 나간 나무의 가지를 쳐내고 다시 두 동강으로 나눈 후 그중 하나를 수라마군에게 던져주었다.

"없는 것보단 나을 거야."

말과 함께 살극달이 신형을 쏘았다.

야트막한 경사를 따라 달리는 동안 살극달은 묵직한 몽둥이를 폭풍처럼 휘둘렀다. '퍽퍽' 소리가 요란한 가운데 적들이 무더기로 쓰러져 갔다. 한 줌의 인정도 없는 손속에 적들은 속수무책으로 당했다.

삼 장쯤 떨어진 좌측 수라마군이 달리는 곳에서도 비명을 동반한 몽둥이질 소리가 연달아 울렸다. 사람들이 뻥뻥 나가떨어졌다.

한참을 달렸지만 새까맣게 달라붙는 적들을 모두 쓰러뜨리기엔 역부족이었다. 숲을 채 빠져나가기도 전에 수백에 달하는 적들이 두 사람을 둘러쌌다.

그때 귀신 가면에 철갑으로 무장한 창수 일백여 명이 숲을 가르며 질주해 왔다. 창신의 길이가 예사롭지 않더라니 쭉 뻗은 창두(槍頭)의 크기가 어지간한 검에 육박하는 돌격창이었다.

장병의 이점에 속도가 더해졌으니 그 기세가 위맹할 것은 자명한 터, 거기에 철갑으로 무장까지 한 터라 기마인들의 질주는 가히 철벽이 밀려오는 것처럼 위압적이었다.

살극달은 몰랐지만 이들은 철기보가 자랑하는 강서의 가장 강한 힘 귀갑철마대(鬼甲鐵馬隊)였다.

놈들이 의도했던 게 이것이었다.

인해전술로 두 사람의 발을 묶어 숲에 가둔 다음 고수들을 투입해 척살하는 것.

"너의 판단이 필요한 상황이다!"

수라마군이 말했다.

경천동지할 무학을 지닌 수라마군이 이만한 적들에게 놀라 타인에게 의지할 리 없다. 수라마군은 눈앞에 닥친 상황 너머의 위험을 감지하고 있었다. 물론 살극달은 그것까지 고려하고 있었다.

"말을 탈취해!"

살극달은 왼쪽으로 방향을 틀어 신형을 날렸다. 이어 아름드리 교목의 허리를 박차며 공중으로 삼 장이나 솟구쳤다. 그 순간 공중에 뜬 살극달을 향해 비범한 속도로 찔러오는 돌격창이 있었다.

창두에 실린 살기가 예사롭지 않았다.

살극달은 빗자루에 쓸린 가랑잎처럼 가볍게 공중제비를 돌며 창간을 후려 찼다.

따앙!

창간이 휘청거리는 순간 살극달은 천근추의 수법을 펼쳐 무섭게 떨어지는 한편 몽둥이까지 휘둘러 적의 머리통을 후려쳤다.

쩌엉!

철그릇 깨지는 소리와 함께 마상의 적이 굴러떨어지는 순간 살극달은 단숨에 말과 돌격창을 탈취해 버렸다.

살극달이 날뛰는 말을 진정시키기 위해 고삐를 쥐는 사이 삼 장쯤 떨어진 좌측에서는 수라마군이 신기를 보이고 있었다.

그는 먼저 마상에서 깊숙이 찔러오는 적의 돌격창을 겨드랑이 사이로 받았다. 이어 벼락처럼 방향을 트는 것으로 간단하게 창을 빼앗은 다음 말의 앞다리 사이에 몽둥이를 던져 넣었다.

철커덕 하는 소리와 함께 말의 다리가 뒤엉켰다.

달려오는 속도를 이기지 못한 말이 상체를 기우뚱하는 순간 수라마군의 신형은 어느새 말의 옆구리에 거꾸로 붙어 있었다. 하늘로 솟구친 그의 발이 귀면인의 옆구리를 부수고, 밀어내고, 말의 잔등을 훔치기까지는 촌각의 시간도 걸리지 않았다.

"곤에 이어 창을 탈취했으니 다음번엔 검인가?"

수라마군이 고삐를 당겨 말 머리를 바로 하며 물었다.

"지금부터 살벌한 판이 벌어질 거야. 정신 똑바로 차리라고!"

말과 함께 살극달이 말을 달렸다.

수라마군이 뒤를 이었다.

순식간에 철갑으로 무장한 말과 돌격창을 빼앗은 두 사람은 다시 연무장을 향해 질주했다. 귀갑철마대의 고수들이 휘두르는 돌격창이 교목 사이로 쇄도했지만 이미 병기와 말을 얻은 두 사람의 상대가 되질 않았다.

두 사람이 달리는 길을 따라 죽거나 쓰러지는 사람들이 속출했다. 순식간에 숲을 벗어나 연무장에 이르자 이번엔 수백의 궁수들이 쏜 강전이 소나기처럼 날아왔다.

이것이 적들이 의도했던 두 번째 작전이었다.

숲 속에 있을 땐 화살 공격이 먹히지 않는다. 하지만 일단 탁 트인 공간으로 나오면 얘기가 달라진다. 단 두 사람을 향해 쏘아지는 수백 발의 화살을 모두 피할 수는 없는 노릇이었다.

궁수들과 두 사람의 거리는 불과 백여 장 안팎. 뛰어난 궁사가 다섯 숨에 세 발의 화살을 쏜다는 걸 고려했을 때 적들에게 접근할 때까지 일인당 무려 십여 발의 화살을 쏠 수 있는 거리다.

하지만 살극달은 이때를 대비해 철갑으로 무장한 말과 돌격창을 탈취했다. 적들은 전혀 의도하지 않았겠지만 살극달과 수라마군 같은 고수에게 철갑으로 무장한 말과 일 장에 달하는 돌격창은 비 오듯 쏟아지는 화살을 막고 피하기에 더없이 유용한 물건이었다.

살극달은 등자를 밟고 서서 몸을 반쯤 앞으로 숙이는, 이른바 등룡세(登龍勢)를 취한 다음 말 머리가 충분히 가려지도록 돌격창을 휘둘렀다.

창과 바람이 만들어내는 맹렬한 압력풍이 단순한 풍막(風膜)의 차원을 넘어 방원 일 장을 무형의 강기로 에워싸 버렸다. 소용돌이치는 강기에 휩쓸린 수많은 화살이 불꽃을 일으키며 튕겨 나갔다.

약속이나 한 듯 수라마군 역시 똑같은 방법으로 쏟아지는 강전들을 모조리 쳐내며 질주하고 있었다.

삽시간에 거리를 없앤 두 사람은 적진 한가운데로 뛰어들어 돌격창을 난상으로 휘둘렀다. 일 장 길이의 돌격창이 허공에서 맹렬한 바람을 일으킬 때마다 도검을 앞세우며 달려들던 적들이 추풍낙엽처럼 쓰러졌다.

적들 하나하나의 무공을 따지자면 능히 고수 소리를 들을 만했지만 장구한 세월을 살며 엄청난 내공을 쌓아온 살극달과 수라마군을 당할 수는 없었다.

두 사람은 온갖 괴공절초를 뿌리며 적진을 닥치는 대로 헤집어 버렸다. 적진 깊숙이 들어갈수록 상대해야 할 적들의 수는 더욱 늘어났다. 적의 밀도가 높아지면서 운신의 폭도 좁아졌다. 그러다 어느 순간 두 사람은 고립되어 버렸다.

등이 맞닿을 것처럼 가까워진 두 사람은 필사적으로 싸웠다. 고립은 시켰으되 두 사람을 압도적으로 제압하지 못한 적들은 나아가지도 물러나지도 못한 상태에서 부상자만 늘어갔다.

그 순간 웅장한 북소리가 허공을 두들겼다.

뚜둥!

소리의 진원은 북쪽 단이었다.

그곳에 건장한 체격의 고수(鼓手)가 황소만 한 대고(大鼓)를 두들기고 있었다. 곁에는 강동석가의 가주 석단룡이 십지신수 여일몽을 포함해 군사(軍師)로 보이는 십수 명을 부리며 연무장에 모인 대병력을 지휘하고 있었다.

북소리를 시작으로 압도적인 숫자로 시간을 끌던 보병들이 십여 장 바깥으로 물러났다. 뒤를 이어 날렵한 차림에 각자가 가장 잘 다룰 수 있는 병기 하나만을 든 기마병들이 전면으로 나섰다.

도(刀), 검(劍), 창(槍), 부(斧)를 비롯해 손에 든 병기는 저마다 달랐지만 전신에서 뿜어져 나오는 기세는 앞서 상대한 자들에 비할 바가 아니었다.

"군대가 따로 없군."

수라마군이 말했다.

그 순간 북소리가 다시 울렸다.

뚜둥둥!

앞의 것과는 다른 북소리였다.

그 북소리에 맞춰 살극달과 수라마군을 에워싼 기마병들이 십여 장의 거리를 유지한 채 일제히 한 방향으로 돌기 시작했다.

백여 필의 말이 달리기 시작하자 사방에 먼지가 뿌옇게 치솟았다. 그 먼지 너머로 질주하는 기마병을 따라 함께 도는 병력이 보였다. 그들 뒤에는 또 다른 병력이, 그 너머에 또 다른 병력이……. 삼중 사중으로 꼬리를 물고 회전하는 적의 기세가 예사롭지 않았다.

차륜전(車輪戰)이다.

살극달과 수라마군의 활약으로 이미 백여 명 가까운 사상자가 났지만 적들에겐 아직 구백의 병력이 있었다. 구백의 대병력이 펼치는 차륜진 속에 갇힌 두 사람은 흡사 태풍의 중심에 던져진 공깃돌 같았다.

"이만한 차륜전을 본 적 있어?"

살극달이 물었다.

"아니."

수라마군이 답했다.

"그럼 한번 경험해 봐!"

말과 함께 살극달이 고삐를 힘껏 당겼다.

한차례 앞발을 치켜든 말이 태풍 속으로 질주했다. 살극달은 돌격창을 깊숙이 찔러 질풍처럼 달리는 선두의 기마병 서너 명을 쓰러뜨렸다.

그 순간 적진의 한 지점이 허물어지더니 대여섯 명의 기마인이 흡사 무리에서 떨어져 나온 뱀처럼 쭉 늘어나더니 순식간에 살극달을 휘감아 버렸다.

차륜진 속에 작은 차륜진을 만들어 살극달과 수라마군을 격리시키려는 속셈이었다. 여러 개가 뭉친 회초리 단을 하나씩 나누면 부러뜨리기 쉬운 것과 같은 이치다.

구백의 병력이 차륜전을 펼치는 것은 군문에서도 유례가 없는 일이다. 거기에 진 속에 동일한 형태의 또 다른 진을 만들어 격리 포획하는 것 또한 전무후무한 일이다.

살극달은 이것이 수라마군을 잡기 위해 특별히 고안한 절진이라는 걸 직감했다. 처음엔 관제묘에서 복면인들이 펼치던 일경십수진(一莖十穗陣), 다음엔 비무대로 위장한 만겹윤회로, 그리고 이번엔 이름 모를 차륜진까지.

살극달은 석단룡이 자신과 수라마군을 잡기 위해 얼마나 치밀하게 준비를 했는지 알 수 있었다. 앞으로 또 어떤 함정이 도사리고 있을지 벌써부터 기대가 될 정도였다.

그 중심에 여일몽이 있었다.

여일몽의 스승이자 한때 살극달과도 인연이 있는 전대의 기인 구벽자(玖躄子)는 기관지학의 대가이기도 하지만 각종 진법에 관해서도 천하에 따를 자가 없었다. 그 진전을 고스란히 이은 여일몽이 진법의 대가일 것은 자명했다.

어쩔 수 없다.

적이 치밀한 준비를 했다면 힘으로 깨뜨려 줄 밖에. 위맹한 파괴력을 지닌 병장기가 마상의 살극달을 향해 동시에 떨어졌다. 살극달은 벼락처럼 상체를 꺾어 다섯 개의 병장기를 모두 가슴 위로 흘려보냈다.

한순간 불꽃을 일으키며 맞붙었던 병기가 떨어지기 무섭게 이번엔 하박으로 쇄도했다. 일수에 살극달을 죽일 수 없다는 걸 알고 대신 말부터 쓰러뜨리려는 심산이었다.

그건 살극달이 기다린 바였다.

"갈!"

천둥 같은 대갈일성과 함께 살극달은 허공으로 솟구쳤다. 반동을 이기지 못한 말이 바닥으로 주저앉았다. 살극달의 엉덩이와 말의 안장이 위치했던 허공의 빈 지점으로 다섯 개의 병장기가 날아들었다. 그때쯤 도약의 정점에 이른 살극달이 아래를 향해 돌격창을 힘차게 휘둘렀다.

꾸꿍!

뇌성과 함께 창끝으로부터 뿜어져 나간 시퍼런 번갯불이 방원 삼 장을 쓸었다. 그 궤적에 걸린 적들의 가슴이 벼락을 맞은 것처럼 찢겨 나갔다.

눈 깜짝할 사이에 여섯 명의 검수가 피를 뿌리며 떨어졌다. 여세를 몰아 살극달은 여전히 회전하는 중인 적진의 한 축으로 신형을 날렸다.

차륜전의 장점답게 선두의 적들을 죽이면 후방의 또 다른 적들이 그 자리를 메웠다. 상대해야 할 고수들의 숫자는 전혀 줄어들지 않았다. 하지만 진로(進路)가 막히면서 적들의 회전이 눈에 띄게 둔해졌다.

위급함을 느낀 적들이 아군 간의 거리도 생각지 않고 도검을 난상으로 휘둘러 왔다. 차륜전의 위력이 순식간에 급락하는 순간이었다. 살극달은 그 난장판 속으로 뛰어들어 독사처럼 질기게 물고 늘어졌다.

그건 차륜전의 맹점을 정확히 찌른 것이었다.

본시 차륜전이란 상대의 실력이 막강하여 일대일로는 승부를 볼 수 없을 경우에 쓰는 전술로 한 사람을 가운데 두고 여러 사람이 돌아가며 싸워야 효과를 극명하게 볼 수 있다.

상대에게 쉴 틈을 주지 않음으로 인해 비록 많은 희생이 따른다고는 하나 결국엔 필승을 하게 되는 전술인 것이다.

하지만 반대급부로 보자면 일인이 일백을 상대할 수 있는 전법이기도 하다. 그 일인이 온종일 싸워도 지치지 않는 내공의 소유자라면, 거기에 더해 차륜전의 약점을 정확히 알고 적재적시(適材適時) 진의 축을 뒤흔들어 놓을 수 있는 고수라면 말이다.

석단룡은 여일몽이라는 희대의 진법가를 손에 넣었지만 그가 싸워야 할 상대가 '전쟁의 신'이라는 걸 간과했다.

설혹 그 사실을 인지했어도 어쩔 수 없었을 것이다. 하늘 아래 전술과 전략으로 전쟁의 신을 이길 수 있는 사람을 찾을 수는 없었을 테니까.

한바탕 적진을 헤집어놓은 살극달은 재빠르게 물러나 본래의 자리로 돌아와 버렸다. 수라마군과 살극달을 확실하게 격리시켰다고 생각한 적들이 거대한 하나의 진을 두 개의 진으로 나누려는 순간이었다.

덕분에 차륜진은 이제 엉망이 되어버렸고, 방향을 찾지 못한 적들은 서로 부딪치고 밟히면서 아수라장을 연출했다.

그 순간 살극달은 방향을 바꿔 석단룡이 있는 북쪽 단을 향해 달리기 시작했다. 살극달이 달려오는 것을 바라보면서도 석단룡은 눈썹 하나 깜빡이지 않았다. 대신 가볍게 손을 저었을 뿐이다.

그의 수신호에 따라 고수가 북을 울렸다.

대경실색한 적들이 노도처럼 달려와 살극달의 앞을 막아서며 인(人)의 장벽을 쳤다. 살극달은 그 장벽을 향해 한 점의 망설임도 없이 몸을 던졌다.

콰광꽝꽝!

천둥을 동반한 벼락이 여지없이 떨어졌다.

벼락이 떨어지는 곳마다 육편(肉片)이 흩날리고 피가 뿌려졌다. 말과 사람이 질러대는 비명에 살극달을 중심으로 한 방원 대여섯 장은 지옥탕이 따로 없었다.

충성심이라는 놈은 매우 교활하다.

내 편이 다수이고, 결국에는 승리할 거라는 믿음이 있다면 목숨을 거는 위험도 단행한다. 나보다는 동료들이 죽을 확률이 높고, 일단 살아남기만 한다면 용감한 행동에 대한 포상과 명예를 얻을 수 있기 때문이다.

하지만 만약 동료의 죽음이 내 것이 되고, 적이 압도적인 머릿수로도 어찌할 수 없는 무적의 고수라는 걸 깨닫게 되는 순간 마음속 한쪽에 두려움이 스멀스멀 생겨난다.

그건 충성심만으로는, 혹은 의협심만으로 극복할 수 없는 지극히 인간적인 감정이었다. 자연히 용기는 사그라지고 선두에 나서기를 꺼리게 된다.

지금 적들이 딱 그랬다.

어느 순간부터 그들은 용맹하게 공격을 하기보다는 보신(保

身)을 하기에 급급했다. 그런 자들이 하나둘씩 늘어나더니 시간이 흐르자 살극달과 수라마군을 상대하겠다고 나서는 자가 현저히 줄어들었다. 일천에 육박했던 대병력이 단 두 사람을 어쩌지 못하는 상황이 그래서 생겨났다.

하지만 살극달과 수라마군이 대병력을 압도했다고 생각하면 상황을 너무 단편적으로만 본 것이다. 살극달은 지금 엄청난 공력의 소모를 맛보고 있었다.

등은 축축하게 젖은 지 오래고 근육은 무리한 힘의 발산으로 막심한 피로를 호소하고 있었다. 그걸 증명하기라도 하듯 살극달은 언제부턴가 한 걸음도 더 나아가지 못하고 몰려드는 적들을 상대하기에만 급급했다.

칠백 년을 살았다고는 하나 인간의 육체를 지닌 이상, 칠백 년 내내 오직 내공만 수련하지 않은 이상 단전에 갈무리할 수 있는 공력엔 분명 한계가 있었다.

무한한 내공이니 강물처럼 도도하게 채워지는 내공이니 하는 말은 그야말로 사람들이 만들어낸 상상에 불과했다.

하지만 수라마군은 달랐다.

그는 퍼도 퍼도 마르지 않는 단전을 가지기라도 한 듯 조금도 피로한 기미를 보이지 않았다.

오기조원(五氣朝元)이라고 해서 무림에는 대자연으로부터 저절로 진기를 받아들이는 경지를 일컫는 말이 있기는 하다.

뇌옥에 갇혔을 당시 살극달은 수라마군이 만물을 형성하고 있다는 물질과 그 물질 사이를 흐르는 기운을 다스리는 것을 보았다.

수라마군은 전설로만 전해지던 오기조원의 경지에 든 것이 분명했다. 문득 살극달은 자신과 수라마군 사이에 현격한 무공의 격차가 있다는 것을 실감했다.

살극달이 차륜진을 무력화시키는 데 주안점을 두며 석단 룡을 향해 조금씩 나아갔다면 수라마군은 철저한 살육으로 적에게 공포감을 심어주며 방향을 잡았다.

진작부터 말을 버린 그는 막강한 공력과 압도적인 무력을 발휘, 자신을 향해 닥쳐오는 노도 같은 적들을 철저하게 도륙했다.

일격필살(一擊必殺) 천참만륙(千斬万戮), 그 어떤 수식어도 수라마군의 살육을 설명할 수 없으리라. 그의 손속은 마치 인간이 얼마나 잔인해질 수 있는지를 보여주는 것 같았다.

하지만 싸움의 흐름을 바꾸기에는 역부족이었다. 운신의 폭이 좁아질 대로 좁아진 수라마군을 향해 수많은 도검이 동시에 쇄도해 왔다.

흡사 벌집으로 만들어 버릴 기세였다.

다수의 희생이 따르더라도 서둘러 수라마군을 쓰러뜨리는

것이 결국엔 희생을 줄이는 유일한 방법이라는 걸 아는 것이다.

"네놈들 뜻대로는 안 될 것이다!"

수라마군이 대갈일성을 터뜨리더니 돌격창을 바닥에 힘차게 꽂았다.

꽈광!

지진이라도 난 것처럼 지축이 흔들렸다. 돌격창이 박힌 곳을 중심으로 거대한 기세가 일어나더니 막강한 압력풍이 몰아쳤다. 죽음도 불사한 채 달려들던 적들이 폭풍에 휩쓸린 가랑잎처럼 날아가 버렸다.

충격의 여파가 채 가시기도 전에 수라마군은 돌격창을 뽑아 들고 혼돈에 빠진 적진 속으로 뛰어들어 또다시 무자비한 살육전을 펼쳤다.

그러다 어느 순간, 수라마군은 자신이 상대하는 적들의 무력 수준이 갑자기 달라졌음을 깨달았다. 그들이 펼치는 검진 또한 예사롭지 않았다.

수라마군은 정신을 집중하고 싸움의 흐름을 읽기 시작했다. 수많은 적이 둘러싸고 있지만 대부분은 혼란을 주기 위해 방위를 점하는 역할을 할 뿐 실제로 공격에 가담하는 자는 스무 명 안팎이었다.

불과 스무 명이 펼치는 연수합격은 수많은 검진을 보고 들고 경험한 수라마군으로서도 무척이나 생소한 것이었다.

한 명의 급소를 찔러가면 다른 한 놈이 찰나의 순간을 귀신같이 파고들어 급소를 노렸다. 재빨리 검로를 틀어 놈을 노리면 또 다른 놈이, 그놈을 노리면 또 다른 놈이……. 결정적으로 허(虛)와 실(實)의 구분이 안 되었다.

분명 스무 명을 상대하는데 흡사 백 명을 한꺼번에 상대하는 것 같았다. 처처에 있는 그림자들이 검로에 걸려들 때마다 뿌연 잔상처럼 흩어지곤 했다. 반면, 그 잔상이 뿌리는 검초는 분명 물리적인 실체를 가지고 있었다.

절정의 무력을 지닌 스무 명의 고수가 톱니바퀴처럼 정교하게 맞물려 들어가며 치고 빠지는 검법의 검을 피하기란 수라마군에게도 쉬운 일이 아니었다. 마치 자신과 상극이랄 수도 있는 검진을 만난 것 같았다.

"아무래도 함정에 빠진 것 같은걸."

수라마군이 외쳤다.

"일경십수진(一莖十穗陣)이라는 놈이다!"

멀지 않은 곳에서 살극달이 대답했다.

"일경십수진?"

"석가주가 너를 잡기 위해 만든 검진이지."

"그걸 어떻게 알지?"

"관제묘에서 엽사담을 만나러 갔을 때 복면인들이 나를 상대로 펼쳤다."

"살아 있으니 당연히 파훼법도 알겠군."

"예봉을 꺾는 정도는 가능하지. 갈!"

천둥 같은 대갈일성과 함께 살극달이 돌격창을 크게 휘둘
렀다. 응축된 내공을 순간적으로 폭발시켜 방원 삼 장을 쓸어
버리는 이 수법의 이름은 뇌려풍비(雷勵風飛), 살극달은 그 방
향을 한 곳으로 집중하면서 폭발력을 높였다.

떠엉!

범선의 바닥을 두들기는 듯한 진동과 함께 한줄기 거센 돌
풍이 일직선으로 뻗었다. 살극달을 향해 날아들던 십여 개의
인영이 엄청난 경파를 이기지 못하고 육편으로 비산해 흩어
져 버렸다.

시뻘건 핏물이 비가 되어 내렸다.

살극달은 자신의 앞에 있는 적들을 쓸어 보임으로써 수라
마군에게 어떻게 일경십수진을 깨야 하는지 보여주었다. 방
법은 힘의 방향을 한 곳으로 집중해 진의 축을 무너뜨리는 것
이었다.

수라마군은 그만의 방법으로, 그러나 살극달과 동일한 원
리로 검진을 향해 벼락을 쏟아부었다.

꾸르릉 꽝꽝!

시퍼런 강기가 검진의 한 축을 날려 버렸다. 이리저리 흔들

리는 적들을 향해 수라마군의 돌격창이 쇄도했다. 한바탕 피바람이 몰아쳤다.

"괜찮나?"

잠깐의 정적을 틈타 수라마군이 물었다.

살극달이 공력을 거듭 무리하게 운용했다는 걸 알기 때문이었다.

꽈광꽝꽝!

살극달은 자신의 상태가 멀쩡하다는 걸 보여주기라도 하려는 듯 연거푸 밧줄 같은 강기를 뽑아 한바탕 적진을 헤집어놓은 후 말했다.

"아직은!"

"설마 이놈들 전부를 죽여야 끝이 나는 건 아니겠지?"

"아무래도 그래야 할 것 같은데."

"좋지 않군."

좋지 않은 정도가 아니다.

미친 듯이 피를 보았는데도 적 병력은 여전히 많았다. 어림잡아도 팔백여 명은 족히 남았을 것 같다. 한 사람당 백여 명은 족히 죽이거나 쓰러뜨렸으니 이 정도면 거의 살성의 수준이다. 하지만 그 대가로 살극달은 막대한 공력을 소모했다.

문제는 앞으로의 일이다.

쓰러뜨리는 적의 숫자가 많아질수록 공력의 소모 또한 비

례해서 늘어날 것이고, 결국에는 삼류 무사에게도 일검을 허용하고 말 것이다.

일천의 병력 중 살극달과 수라마군을 쓰러뜨릴 사람은 단한 명도 없을 테지만, 그들 모두가 충성심에 의해서든 명령에 의해서든 끝까지 싸우자고 들면 결국 쓰러지는 쪽은 살극달과 수라마군이다. 단순하고 무식하기 짝이 없는 전법이었지만 그 효과는 가장 확실했다. 결정적으로 살극달에겐 지금의 난관을 극복할 묘책이 없었다.

'이럴 때 그라도 있었으면……'

그때였다.

쾅!

굉음과 함께 연무장 한쪽에 있던 장원의 정문이 벼락이라도 맞은 것처럼 터져 나갔다. 터져 나간 정문 사이로 너덜너덜한 옷에 얼굴을 시커멓게 그을린 괴물 하나가 길쭉한 포신을 옆구리에 끼고 등장했다.

第二章
늙은 거지

"으하하! 살극달, 아직도 살아 있었구나!"

괴물이 한창 전투 중인 살극달을 향해 손을 흔들며 고함을
질렀다. 얼굴을 몰라봐도 목소리는 알아들을 수 있었다. 괴물
은 검노, 즉 혼세마왕이었다.

혼세마왕의 뒤에는 살극달도 익히 아는 인물들이 있었다.
조빙빙과 용두장도를 든 홍적산, 얼굴의 반쪽을 강철투구로
가린 목추경, 초자곤을 든 꼽추 맹조, 변발의 거한 홍비쉬, 괴
를 든 미공자 공손아랑, 대부를 든 장한 표무종, 장궁을 든 막
소화, 이랑도를 든 섭여의였다.

뒤를 이어 흑의무복에 날렵한 묘도를 뽑아 든 오백여 명의
무인들이 쏟아져 들어왔다.

"흑우병단……!"

수라마군이 말한 흑우병단이 마침내 등장한 것이다. 이 뜬
금없는 상황에 모두가 싸움을 멈추고 뒤로 물러났다. 사람들
은 당황하는 기색이 역력했다.

특히 석단룡의 놀라움은 컸다.

동악뇌성 이종학이 혼세마왕을 잡으러 갔건만 어찌하여
저자가 아직도 살아 있단 말인가. 뿐만 아니라 흔적도 없이
사라졌던 수라마군의 수하 오백을 이끌고 등장한단 말인가.

"죽여라!"

누군가의 외침을 시작으로 연무장에 포진해 있던 무인들
이 함성을 지르며 정문을 향해 달려갔다. 덕분에 살극달과 수
라마군을 상대하던 병력 중 상당수가 빠져나갔다.

그 순간, 검노가 앞으로 나섰다.

"오라! 석단룡의 졸개들이여!"

검노는 일성과 함께 한쪽 무릎을 털썩 꿇더니 포신을 어깨
위로 얹어 적들을 향해 겨누었다.

"붙여!"

뒤에서 횃불을 들고 있던 조빙빙이 눈썹만 한 심지에 불을
붙였다. 심지가 화르륵 타올랐다. 이어 천둥 같은 굉음이 울

렸다.

꽈앙!

엄청난 폭발과 함께 정문으로 달려가던 선두의 무인 십수 명이 꾹꾹 다져 넣은 산탄에 맞아 육편으로 비산해 버렸다. 중상을 입고 쓰러진 자는 그 두 배에 달했다. 단 한 번의 발포로 오륙십 명을 쓸어버린 것이다.

검노의 앙천광소가 뒤를 이었다.

"으하하! 장군통(將軍筒)의 불 맛이 어떠하냐!"

검노의 말대로라면 그가 쏜 화포가 장군통이라 불리는 초기 형태의 청동포라는 말인데, 살극달이 아는바 조금 전에 본 화포의 화력은 본래 장군통이 지닌 화력의 한계를 훨씬 넘어선 것이었다.

포신이 폭발을 견딘 것 자체가 불가사의였다.

하지만 그토록 막강한 화력도 화풀이는 될지언정 돌진하는 적들의 기세를 꺾지는 못했다. 그때쯤 검노는 쓸모가 없게 된 화포를 바닥에 내동댕이쳤다.

버린 게 아니었다.

놀랍게도 운반을 위해 화포의 끄트머리에 붙여놓은 쇠고리에 검노의 쇠사슬이 연결되어 있었다. 철구를 잃어버리고 대신 화포를 연결한 모양이었다.

검노는 쇠사슬을 힘껏 잡아당겨 순식간에 길쭉한 화포를

머리 위로 띄우더니 질풍처럼 휘두르며 적들을 향해 달려갔다. 그의 입에서 섬뜩한 일갈이 터진 것도 동시였다.

"본좌, 오늘 살계가 무엇인지를 보여주겠노라!"

신은 검노에게 희로애락의 감정을 주었으나 단 한 가지 두려움이란 감정은 주지 않은 것 같았다. 뒤를 따르는 자들과 보조를 맞추는 법도 없었다. 누구보다 앞서 적진으로 돌진한 검노는 피에 굶주린 미치광이처럼 무차별적으로 화포를 휘둘러댔다.

쇠사슬의 길이가 반 장, 포신의 길이가 또 사 척, 거기에 팔의 길이까지 더해 반경 일 장여의 공간 안으로 들어오는 적들은 예외 없이 몸 일부가 부서지며 쓰러졌다.

그 엄청난 괴력과 무자비한 질주, 그리고 잔인함 앞에서는 천하의 어떤 병기도, 초식도, 심지어 압도적인 숫자까지도 모두 무용지물이었다. 십수 년 전 일만의 마병을 이끌고 대륙을 가로지르던 미치광이 대마두가 귀환하는 순간이었다.

석가장에 운집해 있던 병력은 검노의 질주로 순식간에 갈가리 찢어졌다. 뒤를 이어 홍적산이 이끄는 팔비영이 가세했다.

검노가 고수와 하수를 가리지 않고 닥치는 대로 쳐 죽였다면, 팔비영은 적 병력 속에 섞여 있는 고수들, 다시 말해 백인장 급 이상의 수뇌들을 찾아다니며 집중적으로 공격했다.

장강에서 이곳까지 오는 동안엔 수라마군의 그늘에 가려졌고, 용봉지연의 비무대에서는 살극달에게 일패도지하는 바람에 상대적으로 저평가되었지만 사실 팔비영은 하나하나가 일파의 존장에 버금갈 정도로 강력한 무공을 지닌 고수들이었다.

검노와 팔비영이 길을 열면 오백의 흑우병단이 적들을 밀어붙였다. 하나같이 건장한 체구에 날렵한 묘도를 들고 성난 들소처럼 돌진하는 이들은 일당 십의 살인귀들이었다.

흑우병단을 이끄는 자는 팔순가량의 외팔이 노인이었다. 치렁한 머리카락이 얼굴의 절반을 가렸으며 머리카락 사이로 드러난 동공이 살벌한 안광을 뿌리는 노인의 별호는 무면호(無面虎), 한때는 황하 일대를 주름잡던 대마두였다.

그때 그의 나이 불과 스무 살 남짓, 강호인들은 대살성의 탄생을 예견하며 두려워했다. 그게 벌써 육칠십여 년 전의 일이다.

도전해 오는 적들을 쓰러뜨리며 악명을 떨쳐 가던 어느 해 그는 수라마군의 방문을 받았다. 생애 첫 패배와 함께 수라마군의 무공에 탄복한 그는 수하가 되기를 자처했고, 훗날 백백궁의 혈사를 겪었다.

그리고 살아남아 자신의 모든 무학을 쏟아부은 끝에 마침내 무적의 흑우병단을 만들었고 오늘의 행보를 하게 된 것이다.

무면호가 이끄는 흑우병단은 마치 거대한 철벽처럼 진격하며 적들을 덮쳐 갔다. 석가장은 순식간에 거대한 전장으로 바뀌어 버렸다.


갑작스러운 지원군의 등장으로 살극달과 수라마군을 막아서는 자들의 숫자가 현저히 줄었다. 두 사람은 무자비한 검초를 뿌리며 적들을 쓰러뜨려 갔다. 그때 한 사람이 등장했다.

"무사하셨군요."

조빙빙이었다.

여기까지 오는 동안 어떤 고초를 치렀는지 말해주듯 그녀의 옷과 얼굴은 피로 홍건했다.

"상처를 입었소?"

살극달이 놀라 물었다.

조빙빙은 상황에 어울리지 않게 싱긋 웃으며 답했다.

"대수롭지 않아요."

"매상옥과 장자이는?"

살극달이 조빙빙의 뒤쪽으로 시선을 던지며 물었다. 검노와 조빙빙이 등장한 와중에도 두 사람의 얼굴이 보이지 않았기 때문이었다.

"염려 마세요. 모두 무사하답니다."

무언가 사정이 있는 모양이었다.

살극달은 더는 묻지 않고 좌방에서 달려드는 세 놈의 가슴을 벼락처럼 가른 후 북쪽 단에 있는 석단룡을 향해 우렁우렁한 사자후를 토해냈다.

"언제까지 졸자들 뒤에 숨어 보신할 것인가!"

그 순간, 살극달의 귓가에 석단룡의 전음이 들려왔다.

[여긴 마무리를 짓기에 좋은 장소가 아니군.]

말이 끝나기 무섭게 석단룡이 신형을 쏘아 장원의 안쪽 전각 사이로 사라져 버렸다. 살극달은 수라마군에게 눈짓을 보내고는 곧장 석단룡이 사라진 곳을 향해 달려가려 했다. 조빙빙이 살극달의 소맷자락을 황급히 잡아챘다.

"함정일지도 몰라요."

"함정이 맞소."

"그걸 알고도 간단 말인가요?"

"곧 양주 전역에 흩어져 있던 병력이 올 것이오. 그들이 집결하기 전에 마무리를 지어야 하오. 놈도 그걸 알기에 유인을 하는 것이고."

"저도 가겠어요."

"위험하오."

"혈기대주를 죽인 자들의 숨통이 끊어지는 걸 제 눈으로 보고 싶어요."

조빙빙은 굳게 다문 입술로 살극달을 노려보았다. 절대 뜻을 굽히지 않겠다는 의지가 그대로 드러났다.

살극달은 선뜻 결정을 내리지 못하고 곁을 돌아보았다. 수라마군이 미세하게 고개를 끄덕였다. 살극달은 다시 조빙빙을 돌아보며 말했다.

"내 곁에서 떨어지지 마시오."

"아뇨. 이제 내 몫을 하겠어요."

갑작스러운 조빙빙의 말에 살극달은 조금 당황했다. 확실히 그녀의 전신에서 뿜어져 나오는 기도는 예전과는 달랐다. 소녀가 갑자기 어른이 된 것 같다고나 할까.

곰곰이 생각해 보면 그건 사실 자신의 편견일 수도 있었다. 자신을 만나기 전에도 그녀는 이미 당당히 제 몫을 하던 여검사가 아닌가.

"무운을 비오."

살극달의 짧은 말이 끝나기 무섭게 세 사람은 장원의 안쪽을 향해 신형을 쏘았다.

\*　　　\*　　　\*

"뭘 그렇게 꾸물대는 거야!"

장자이가 고개를 뒤로 꺾으며 외쳤다.

그녀는 지금 무언가를 잔뜩 안은 채 나뭇잎이 수북하게 쌓인 숲을 달려가고 있었다. 그녀로부터 대여섯 장 떨어진 곳엔 매상옥이 호박만 한 항아리를 주렁주렁 매단 채 달리고 있었다.

"헉헉, 도저히… 헉헉, 못 가겠어."

숨이 턱 밑까지 차오른 매상옥은 항아리를 매단 채로 철퍼덕 주저앉아 버렸다. 불타는 통운관의 관선에서 탈출한 후 족히 십 리는 쉬지 않고 달린 터였다. 어지간히 단전을 단련한 그였지만 제 몸무게에 육박할 정도의 항아리까지 달고 달리자 지치지 않을 수 없었다.

"서두르지 않으면 몰살이라고!"

장자이가 눈에 쌍심지까지 켜며 길길이 날뛰었지만 한번 주저앉은 매상옥은 일어날 줄을 몰랐다. 대답하는 것도 귀찮다는 듯 한 손으로 휘휘 젓기만 했다.

"미련한 자식, 그러게 평소에 살 좀 빼라고 내가 몇 번을 말했어!"

"내가 살을 빼든 말든 네가 무슨 상관이야."

"너의 그 게으름 때문에 다 죽게 생겼으니 하는 말이잖아!"

"그렇게 답답하면 네가 좀 나눠 들든가."

"이거 안 보여?"

장자이가 가슴에 안은 작대기 뭉치를 들어 보였다. 대나무 작대기 끝에 주먹만 한 무명천을 뭉친 그것은 횃불대였다.

"그거랑 이거랑 같아?"

"인정머리없는 자식! 이걸 보고도 그래?"

장자이가 이번엔 대충 천 쪼가리를 찢어 묶은 자신의 어깨를 보였다. 앞서 통운관의 관선에서 뇌궁대의 궁수들이 쏜 화살에 당한 상처였다.

섬뜩한 파공성과 함께 허공을 가르며 날아들던 화살세례를 생각하면 지금도 머리카락이 곤두서는 것 같았다. 오죽하면 앞으로는 신비루 근처에는 얼씬도 하지 말아야겠다는 생각이 들었을까.

상처를 입기는 매상옥 역시 마찬가지였다.

장자이가 날아드는 화살로부터 포잡이들을 지키느라 분주했다면 매상옥은 뱃전으로 올라온 적들과 백병전을 치렀다.

뱃전에 오른 자들은 하나같이 난무하는 포탄과 화살을 뚫은 자들이어서 여간한 고수가 아니었다. 환술을 익힌 덕분에 상대적으로 유리한 매상옥이었지만 몸 이곳저곳에 세 개의 검상을 아로새겼다.

다만, 운이 좋았는지 그 상처가 크지 않았다. 덕분에 항아리를 옮기는 것은 고스란히 매상옥의 몫이 되었다.

"안 일어날 거야!"

장자이가 빽 소리를 질렀다.

"알았어. 알았다고."

매상옥이 어쩔 수 없다는 듯 몸을 일으켰다. 비 오듯 흘린 땀으로 말미암아 얼굴은 물론 옷까지 축축하게 젖어 있었다. 그 모습이 안쓰러웠는지 장자이가 목을 쭉 내밀면서 말했다.

"두 개만 걸어줘."

"됐어."

"두 개만 걸어줘. 또 숨이 턱 밑까지 차네, 심장이 발딱 튀어나오네 하지 말고."

"됐다니까."

"도와준다고 해도 문제냐? 넌 어떻게 된 게 내 말이라면 무조건 딴죽을 걸고 싶지? 그렇지?"

"멍청한 놈. 남의 속도 모르고."

"무슨 헛소리야?"

"네 말을 귓등으로 들을 작시면 내가 이건 왜 들고 뛰었겠어?"

매상옥이 주둥이를 새끼줄로 묶어 목이며 팔이며 어깨에 주렁주렁 매단 항아리를 신경질적으로 흔들어 보였다.

"그건… 그렇지."

장자이는 금방 말간 얼굴이 되어버렸다.

애초 무거운 건 자기가 들겠다며 항아리를 죄다 빼앗은 게 매상옥이었다. 그런 놈이 이제 와서 자꾸 딴소리를 하니 미울 수밖에. 사내답게 굴려면 끝까지 사내답게 굴던가.

"그것보다 이제 대충 시작해도 되지 않을까?"

매상옥이 좌우를 둘러보며 말했다.

지금 두 사람이 있는 곳은 수서호와 석가장 사이에 있는 기다란 숲의 한복판이었다.

사정은 이랬다.

일다경 쯤 전, 장자이 일행은 통운관의 범선을 타고 수서호로 진격하는 중에 석가장 한복판에서 솟아오르는 수많은 불화살과 명적을 보았다. 앞서 양주가 봉쇄되었다는 걸 알고 있었던 사람들은 그것이 양주 전역에 흩어진 병력을 부르는 신호라고 결론을 내렸다.

석가장은 왜 갑자기 봉쇄를 풀고 병력을 모두 집결시키려는 걸까? 석가장에 변고가 일어났기 때문이다. 그걸 증명하기라도 하듯 불화살과 명적이 오르는 동안 석가장에서 거대한 폭발이 일어났다.

일행은 그 폭발이 살극달과 관련이 있음을 직감적으로 알아차렸다. 살극달과 수라마군이 살아서 석가장의 통제를 벗어났다는 걸 깨달은 일행은 무면호라는 괴노인이 이끄는 흑우병단과 함께 곧장 석가장으로 진격했다.

그 무렵 장자이는 한 가지 꾀를 냈다.

검노와 팔비영, 그리고 흑우병단이 이끄는 결사대가 석가장을 치는 동안 자신과 매상옥은 석가장으로 집결하는 병력을 막는 방법에 관한 것이었다.

양주 전역에는 이천에 육박하는 대병력이 흩어져 있다. 이천의 병력을 어떻게 단 두 명이 막아낼 수 있을까?

방법이 있었다.

수서호의 서쪽에 위치한 석가장은 장원 전체가 울창한 수림에 둘러싸여 있었다. 심지어 수서호에서 석가장의 정문까지 난 길도 백여 장에 이르는 숲을 가로지른다.

숲은 겨울이라 바싹 말라 있다.

석가장을 둘러싼 숲 전체에 불을 지른다면?

그 숲이 홀라당 타기 전까지는 개미새끼 한 마리 들어갈 수가 없다. 석가장 안에 있던 사람도 바깥으로 나갈 수가 없다. 석가장은 완벽하게 고립되는 것이다.

해서 장자이와 매상옥은 범선의 창고를 뒤져 기름과 횃불을 잔뜩 가지고 왔다.

"여기서부터 불을 지르면 놈들이 눈치를 채고 고수를 보낼 거야. 그럼 그놈들을 상대하느라고 시간을 다 보내게 될 테지. 그사이 양주에 흩어져 있던 병력이 속속 집결하면 모든 게 끝장이야."

"그럼 어쩌자고?"

"동시다발적으로 불을 질러야 해."

"석가장은 장장 십만 평에 달하는 대장원이야. 그 큰 장원을 둘러싼 숲을 두 사람이 무슨 수로 동시다발적으로 불을 싸질러?"

"그러니까 방법을 강구해야지."

"이런 멍청한! 아무 생각도 없이 이걸 들고 뛰어왔단 말이야?"

"뛰는 동안 방법을 강구하려고 했지."

"그럼 했어야지."

"생각이 안 나는 걸 나보고 어떡하라고."

"진작 얘기를 했으면 홍적산인가 뭔가 하는 그 늙은이한테 말해서 흑우병단에서라도 몇 놈 뽑아 왔을 거 아냐."

"그러는 넌 왜 그 생각을 못했어? 내가 숲에 불을 지르자고 했을 때 기똥찬 묘안이라며 손뼉을 친 사람이 누군데?"

"난 그냥 불만 지르면 되는 줄 알았지."

"거봐. 너도 몰랐잖아."

"내 말은 그게 아니… 어휴, 답답해! 답답해!"

매상옥은 터지는 울화통을 참지 못하고 제 가슴을 탕탕 쳤다.

"그러고만 있지 말고 무슨 방법을 강구해 봐."

"방법은 무슨. 둘이서 최대한 불을 지르고 돌아다니는 수밖에."

"머리통은 중심 잡으려고 달고 다니니? 찔끔찔끔 불 지르면 하나 마나라고 몇 번을 말해."

"그럼 어쩌자고."

"쯧쯧쯧. 그렇게 연애질만 하고 있으면 불은 언제 지르려
누."

갑작스럽게 들려온 목소리에 매상옥은 발작적으로 돌아서
며 쌍겸을 뽑았다. 장자이도 양팔 가득 안고 있던 횃불을 내
팽개치고 소월도를 뽑아 들었다.

잠시 후 두 사람이 지나온 뒤쪽의 교목 위에서 웬 거지 하
나가 뚝 떨어졌다. 누덕누덕 기운 옷에 떡진 머리카락은 치렁
하게 늘어졌고, 입가엔 술지게미가 덕지덕지 붙어 있는 오 척
단구의 늙은 거지였다. 하지만 눈동자에서 흘러나오는 한줄
기 안광은 함부로 마주하기 어려운 구석이 있었다.

매상옥은 눈앞의 거지가 개방의 고수임을 한눈에 알아보
았다. 더불어 왠지 낯이 익었다. 장자이가 먼저 알아보았다.

"당신은 용봉지연에 나타났던……."

매상옥도 뒤늦게 노걸개의 얼굴이 생각났다.

용봉지연의 마지막 날 목추경이 비무대에 올라 내가중수
법으로 구담을 쓰러뜨렸을 때 '저건 나부문의 장법이다!' 라
고 외쳐 군중의 시선을 끈 거지가 바로 눈앞에 있는 저 거지
였다.

구파일방이라고 해서 사람들은 흔히 개방을 구대문파와

동등한 선상에 둔다. 그들의 무학이 구대문파에 견주어 하등 손색이 없는 이유도 있지만, 그보다는 중원무림이 큰 혼란을 겪을 때 그들이 언제나 구대문파와 행동을 함께 해왔기 때문이다.

거지들의 방파일망정 개방은 분명 정도무림을 대표하는 곳이다. 구대문파가 산문을 걸어 잠그고 일체의 움직임을 보이지 않는 지금, 개방 고수의 출현은 갑작스러울 수밖에 없었다.

용봉지연에서 개방도가 나타났을 때도 두 사람은 그것을 의아하게 생각했었다. 하지만 살극달과 수라마군이 등장하고, 싸우고, 함정에 빠지고, 구패가 대병력을 일으키는 등 한바탕 소란이 일면서 개방도의 출현은 새까맣게 잊고 있었다.

"당신은 누구죠?"

장자이가 경계를 늦추지 않으며 물었다.

그녀는 적지 않게 놀라고 있었다. 이토록 가까운 곳에 숨어 있었는데도 일체의 기척을 느끼지 못한 탓이었다.

"네가 방금 말하지 않았느냐. 용봉지연에 나타났던 그 거지라고."

"그걸 묻는 게 아니잖아요."

"각설하고, 그거 내가 좀 도와주련?"

노걸개가 아직도 매상옥의 몸에 주렁주렁 매달린 기름 항아리를 가리키며 물었다. 장자이는 매상옥에게 시선을 한 번

주었다가 더욱 경계심 가득한 얼굴로 물었다.

"우리가 무얼 하려는 줄 알고요?"

"불장난하려는 거 아니었어?"

"……!"

얘기를 엿들었을 줄은 이미 짐작했다. 하지만 워낙 중요한 사안이라 한번 확인을 해본 것인데 역시였다. 문제는 눈앞의 노걸개가 적군인지 아군인지를 알 수 없다는 것이었다.

"진심인가요?"

"아무렴 이 나이에 새까만 너희를 데리고 농을 하리? 뭐, 정 싫다면 어쩔 수 없는 노릇이고."

말과 함께 노걸개가 슬그머니 돌아섰다.

장자이가 황급히 노걸개를 불러 세웠다.

"왜죠?"

"지금 그런 걸 따지고 있을 때가 아닐 텐데?"

말끝에 노걸개가 숲 바깥으로 힐끗 시선을 주었다. 아까부터 들리기 시작한 말발굽 소리가 점점 커지더니 어느새 숲을 가로질러 석가장으로 향하고 있었다.

양주 전역에 흩어져 있던 병력 중 비교적 가까운 곳에 있던 자들이 도착한 것이다. 저들을 시작으로 잠시 후면 지원군이 꼬리에 꼬리를 물고 이어질 것이 자명했다.

"아무리 바빠도 적인지 아군인지는 알아야겠소. 만약 귀하가 항아리를 모조리 빼앗은 후에 나 몰라라 해버리면 곤란하지 않겠소?"

매상옥이 물었다.

"이러면 어떻겠느냐?"

매상옥은 노걸개의 꾀죄죄한 얼굴이 확 커진다고 생각했다. 그것이 기습이라는 걸 인지하는 순간 매상옥은 황급히 한 발을 뺐다. 동시에 노걸개의 가슴을 향해 쌍겸을 내질렀다.

하지만 웬걸, 노걸개는 어느새 뒤로 일 장이나 물러난 상태였고 헛되이 허공을 내지른 매상옥은 무언가 허전함에 자신을 살폈다.

목에 걸려 있던 기름 항아리 두 개가 흔적도 없이 사라져버렸다. 항아리는 마치 처음부터 그랬던 것처럼 노걸개의 목에 대롱대롱 매달려 있었다.

"……!"

"……!"

장자이와 매상옥의 입이 동시에 쩍 벌어졌다.

빠르기라면 누구에게도 앞자리를 양보하고 싶지 않은 매상옥이었다. 그 찰나의 순간에 언제 목에 걸린 항아리를 채갔단 말인가. 만약 노걸개가 노린 것이 항아리가 아니라 목이었다면……. 매상옥은 불현듯 목이 가려우며 등에서 식은땀이 흘렀다.

"빼앗을 작정이라면 굳이 긴말이 필요치 않았겠지."

노걸개가 말했다.

매상옥은 자신이 노걸개의 상대가 아님을 깨달았다. 적이었다면 구구절절한 설명 없이 살수를 쓰지 않았겠는가. 적이아니라면 더는 경계를 할 필요도 없었다.

"좋아요. 어떻게 도와주실 건가요?"

장사이의 물음에 노걸개가 휘파람을 불었다.

잠시 후 숲 속에서 궁기가 좔좔 흐르는 거지 십수 명이 어슬렁거리며 나타났다.

"다들 들었지? 일인당 항아리 하나, 횃불 하나씩이다. 마침 서풍이 부니 여기서부터 두 갈래로 갈라지되 오십 장의 간격을 두고 동시다발적으로 두텁게 불을 지른다. 늦는 세 놈은 사흘간 밥 없다. 시이작!"

등장할 때는 느림보가 따로 없던 거지들이 항아리와 횃불을 들고 사라질 때는 쏜살같았다. 거지들이 모두 사라지자 장자이는 매상옥과 노걸개에게도 기름에 찍은 횃불을 하나씩 나눠 주며 말했다.

"우리는 수서호와 정문 사이의 숲을 맡아요."

第三章
일전을 치르다

비룡잠호
秘龍潛摘

살극달을 포함한 세 사람이 달려간 곳은 석가장의 북쪽 끝 청석판이 고르게 깔린 후원의 공터였다. 오십여 평 정도의 공간 가장자리에는 용도를 알 수 없는 전각 네 채가 사방을 둘러싸고 있어 바깥과의 경계를 만들었다.

살짝 열린 전각의 창문 너머로 맑고 싱그러운 향이 쉴 새 없이 흘러나오고 있었다. 커다란 채광창이 벽과 지붕의 대부분을 차지한 것으로 보아 아마도 기화요초를 키우는 온실(溫室)인 모양이었다.

석단룡은 온실 전각으로 둘러싸인 공터에 홀로 서 있었다.

한 자루 장검을 찬 채 황금빛 장포를 흩날리며 서 있는 그의 전신에선 흡사 산악을 마주했을 때나 느낄 수 있는 법한 압박감이 뿜어져 나왔다.

"용케도 탈출했군."

석단룡이 말했다.

수라마군과 살극달이 백련정강으로 만든 쇠사슬을 끊은 일이며 일천 근에 육박하는 폭약의 폭발로부터 탈출한 것 등이 그의 상식으로선 도저히 이해가 되지 않는 모양이었다.

"인간의 폭으로 세상을 보는 덴 한계가 있지."

수라마군은 자신과 살극달의 이야기를 했다.

하지만 석단룡은 그걸 불사의 존재인 수라마군이 이적을 행한 결과라고 이해하는 것 같았다. 그런 수라마군조차도 전투가 벌어지자 살극달에게 의지를 했다는 것은 까맣게 모른 채.

"놀라운 솜씨였다."

석단룡이 말했다.

이번엔 살극달을 향한 말이었다.

이제야 그도 살극달의 내력에 대해 궁금증을 가지게 되었다. 지난바 지략이 비범하다는 것도 알고, 무공 또한 예사롭지 않다는 걸 알고 있었지만 수라마군이라는 불사의 존재에 가려져 상대적으로 관심의 비중을 적게 두었던 인물이 살극달이었다.

한데 오늘 보니 지난바 무력 또한 수라마군 못지않았다. 일다경을 채 넘기지 않은 전투가 벌어지는 동안 싸움의 흐름을 완벽하게 읽었으며 급기야 두 사람을 잡기 위해 만든 차륜전을 여지없이 무너뜨린 것도 바로 살극달이었다.

석단룡은 엿새쯤 전 귀뚜라미와 사마귀의 싸움을 통해 넌지시 짚어본 후 내렸던 살극달에 대한 자신의 판단이 크게 잘못되었음을 절절하게 깨달았다.

"준비를 많이 했더군."

살극달이 말했다.

"하지만 여지없이 무너졌지."

석단룡이 말했다.

"각설하고 지원군들을 불러내는 게 어떤가?"

살극달의 한마디에 전후좌우의 건물 사이에서 사람들이 하나둘씩 모습을 드러내기 시작했다.

북두검군 제종명, 녹류산장주인 뇌천자 구적산, 제왕곡주인 북두검제 이엽, 검각의 각주인 기린검(麒麟劍) 냉하상, 천룡문의 문주인 독두도왕(禿頭刀王) 육사독, 은하검문의 문주인 유성검(流星劍) 백노천, 철기보의 보주 반룡곤(盤龍棍) 주철산이었다.

죽은 자하부의 뇌정신군 독고정과 죽었는지 살았는지 모

를 신비루주 동악뇌성 이종학을 제외하면 과거 백백궁의 혈사 당시 저지른 비열한 행사를 발판삼아 오늘의 부귀와 권세를 누렸으며 마침내는 십패라는 칭호까지 얻게 된 무림의 절대자들이 모두 모인 셈이었다.

무림을 좌지우지하는 무왕답게 그들의 기도는 과연 달랐다. 전신에서 뿜어져 나오는 기도는 단순히 하나의 방위를 점하고 있는 것만으로도 장내를 무겁게 짓눌렀다. 눈동자에서 뿜어져 나오는 안광은 사위를 얼려 버릴 것처럼 차가웠다.

백백궁의 혈사가 벌어진 지 육십여 년. 그들 일파가 지닌 무학만으로는 일 갑자의 세월 동안 이토록 비범한 무인으로 탈바꿈할 수 없었다.

당연하게도 백백궁의 혈사로 말미암은 기연 때문이다. 수라마군이 장구한 세월 동안 검증한 마도 일천 년의 비학들이 저들의 무학으로 흘러들어 갔기 때문이다.

살극달은 팔십여 세의 인간들과 싸우는 것이 아니라 일천 년 동안 변형되고 발전되어 온 마도의 무학과 싸워야 한다는 걸 느꼈다.

'승부를 짐작할 수가 없다.'

거기에 더해 저들에게는 살극달과 수라마군에게는 없는 것이 있었다.

마도십병이다.

저마다 그 모양은 파격적일 만큼 달랐지만 결국엔 여섯 자루의 검(劍), 한 자루의 도(刀), 한 자루의 곤(棍)으로 모두 여덟 개였다.

저기에 지금은 보이지 않지만 석단룡이 회수를 했을 게 분명한 자하부의 사왕검과 지금 이 자리에 없는 동악뇌성 이종학이 지닌 벽력궁을 포함하면 비로소 십병이 된다.

아마도 만인이 보는 앞에서 저 가공할 물건들을 마음껏 쓰기가 두려운 탓에 살극달과 수라마군을 이곳으로 유인한 것일 터다.

상대는 천하의 어떤 병장기도 무처럼 썰고 발라 버릴 마병을 든 반면 이쪽은 그저 질 좋은 축에 드는 돌격창을 들었다.

죽을 길은 많은 반면 살아날 길은 요원했다.

한데 이곳에 나타난 사람들은 그들이 전부가 아니었다. 잠시 후, 전각의 뒤쪽으로부터 일단의 무인들이 모습을 드러냈다.

석일강, 석부용 남매와 제운학, 구담, 이도굉, 검소룡을 비롯해 장차 무림의 다음 세대를 이끌어갈 것이라 평가받던 구패의 후기지수들과 그들을 호위하고 나타난 백여 명의 호위무사들이었다.

살극달과 수라마군은 또다시 적들에게 둘러싸여 버렸다. 앞서 일천의 병력이 압도적인 숫자를 무기 삼아 압박을 했다

면 이들은 엄청난 기도로 압박을 해왔다. 이제야말로 무림인
다운 싸움을 하게 된 것이다.

후기지수들 중에는 붕대를 감거나 부목을 댄 자가 적지 않
은 걸 보아 전날 용봉지연에서 수라마군의 수하인 강철투구
인에게 당한 부상을 아직 완전하게 회복하지는 못한 듯했다.

살극달은 그중에서도 구담과 제운학을 특별히 응시했다.
다른 자들에 비해 신색이 좋은 두 사람 중 하나는 하원일의
마지막 숨통을 끊은 자고, 나머지 하나는 명령을 내린 자다.

여러 가지 복잡한 정치적 계산과 음모가 있지만 실질적인
원수였다. 저 둘을 죽이면 남만의 광산촌에서 인연을 맺었던
하씨 삼 형제의 복수가 끝나게 된다.

하지만 석단룡의 생각은 다른 것 같았다.

"백문(百聞)이 불여일견(不如一見)이라 했다. 무림의 명숙
들이 한 마리의 요괴와 한 명의 괴물을 어떻게 쓰러뜨리는지
똑똑히 보아라."

석단룡의 한마디에 후기지수들이 일제히 허리를 숙였다.
고수들의 생사투는 단지 견식하는 것만으로도 큰 공부가 된
다. 석단룡은 후기지수들이 보는 앞에서 살극달과 수라마군
을 죽이는 일생일대의 생사투를 보여줌으로써 깨달음을 주려
하는 것 같았다.

살극달은 문득 제물이 된 것 같아 입맛이 썼다.

살극달이 제운학을 노려보며 말했다.

"신수가 좋군."

"덕분에."

"내게 구명의 빚이 있다는 걸 잊지 않았겠지?"

"빚을 갚으라고 할 참인가?"

"그러기엔 네가 할 수 있는 게 없어 보이는군."

"……."

제운학의 얼굴이 볼썽사납게 일그러졌다.

"빚진 기분이 싫다면 방법은 있다. 내가 묻는 말에 거짓없이 답해주면 된다."

살극달은 잠시 사이를 두었다가 말을 이었다.

"혈사곡에서 혈기대를 몰살할 당시 네가 그곳에 있었다던데 사실인가?"

"그렇다."

"혈기대주를 죽이라고 명령한 사람이 너인가?"

제운학은 살극달의 곁에 서 있는 조빙빙을 한차례 응시한 후에 대답했다.

"그렇다."

조빙빙은 주먹을 말아 쥔 채 입술을 깨물었다.

제운학을 남자로 본 적 없지만 자신을 향한 그의 진심을 의심한 적 역시 없었다. 그런 그가 정인이었던 혈기대주의 목숨을 앗아갔다는 사실을 믿을 수가 없었다. 조빙빙은 배신감에 치를 떨었다.

살극달은 다시 구담을 향해 물었다.

"관제묘에서 만난 복면인이 너였지?"

"이제야 알았나 보군."

"마지막 순간 혈기대주의 가슴에 낙뢰흔을 새긴 자가 너인가?"

"후후, 마지막 숨통을 내가 끊어놓았지. 벌레처럼 꿈틀거리며 죽어가더군."

"닥쳐!"

날카로운 목소리와 함께 조빙빙이 검을 뽑아 들고는 뛰쳐나가려 했다. 살극달이 서둘러 조빙빙의 어깨를 잡았다.

"제가 그의 숨통을 끊어놓을 수 있게 해줘요."

조빙빙이 살극달을 돌아보며 말했다.

"놈은 혼원벽력검을 익혔소."

"고주일검을 대성하면 능히 대적할 자가 없다고 하지 않았나요?"

"당신은 대성을 이루지 못했소."

"원수의 혼원벽력검도 완전하지 않죠."

"……?"

"제발……."

혈기대주의 죽음에 마음의 빚이 있다고 생각한 탓일까. 어금니를 꽉 깨물고 살극달을 바라보는 조빙빙의 눈동자에는 눈물이 그렁그렁 맺혔다. 마치 제 손으로 구담을 죽이지 못하면 평생 한으로 남을 것처럼.

살극달은 천천히 고개를 돌린 후 구담의 아비이자 녹류산장주인 구적산을 바라보며 말했다.

"오공녀는 혈기대주의 정인이었소. 마지막 칼을 쓴 자에 대한 복수만큼은 그녀가 직접 하게 해주고 싶은데, 이해해 주겠소?"

살극달은 숫제 구담을 죽은 사람 취급하고 있었다. 구적산이 뭐라고 대답을 하기도 전에 구담이 발작적으로 검을 뽑아 들고 나섰다.

"오냐, 내 오늘 네년의 배를 갈라 오장육부를 이곳에 뿌리리라!"

"경거망동하지 마라!"

석단룡의 나직한 호통이 터졌다.

"가주, 기회를 주십시오."

구담이 지지 않고 맞섰다.

"지금은 호기를 부릴 때가 아니다."

거듭되는 석단룡의 호통에는 구담도 어찌할 수 없었다. 그는 어금니를 빠드득 갈면서 살극달과 조빙빙을 한차례 노려보더니 슬그머니 물러나려 했다.

그때 뜻밖에도 제검성주 제종명이 말했다.

"못할 것도 없지 않겠소?"

"성주……."

"설마 구담이 저 아이에게 질 거라고 생각하시는 건 아니겠지요?"

"그런 뜻이 아니잖소."

"그렇다면 더욱 못할 게 없지 않소이까?"

"……!"

제종명을 바라보는 석단룡은 불쾌한 기색을 숨기지 않았다. 구적산도 가만히 있는데 당신이 왜 나서느냐는 표정이었다.

하지만 대놓고 뭐라 하기도 애매한 것이 구패의 패주들 사이는 상하관계가 아니었다. 누구라도 제 하고 싶은 말을 할 수 있고, 또 상황을 바꾸는 것에 대한 권리가 있었다.

이곳이 강동석가라는 이점이 있었지만 그것만으로 석단룡이 모든 일을 독단적으로 처리할 수는 없었다.

결정적으로 석단룡은 제종명이 양보를 하지 않을 거라는 걸 알고 있었다. 그와 제종명, 그리고 죽은 뇌정신군을 일컬어 강호인들은 천하삼검이라고들 한다.

뇌정신군이 죽고 난 지금 제종명은 오래전부터 구패의 주

도권을 놓고 석단룡과 대립각을 세워왔다. 제종명은 야망이
큰 인물이었다.

"구 장주의 생각은 어떻소?"

석단룡이 시원한 대답을 내놓지 않자 제종명이 구적산을
바라보며 물었다. 구담의 아비인만큼 최종 결정이 그의 몫이
라는 태도였다. 이것 역시 사실상 전투를 주도해 온 석단룡의
얼굴을 깎아내리는 말이었다.

"백견(百見)이 불여일동(不如日動)이라. 백 번 보는 것보다
는 한 번 해보는 것이 낫겠지요."

구적산이 대답했다.

앞서 백문이 불여일견이라는 석단룡의 말을 빗댄 것이다.
석단룡의 얼굴이 와락 일그러졌다. 이건 숫제 둘이서 자신을
조롱하고 있지 않은가.

구적산이 구담과 조빙빙의 대결을 보고 싶어 하는 데는 그
만한 이유가 있었다. 이천풍 등이 죽은 지금 조빙빙은 사실상
뇌정신군의 진전을 이은 유일한 제자다. 독고설란이라는 혈
족이 있었지만 그녀는 멀고 조빙빙은 눈앞에 있다.

구적산은 녹류산장의 힘으로 조빙빙을 죽여 전날 뇌정신
군과 얽혔던 원한과 이천풍에게 죽은 자신의 아들에 대한 복
수를 하고 싶어 했다. 그 복수에 구담은 가장 합당한 사람이
었다.

석단룡은 눈살을 찌푸리지 않을 수 없었다.

수라마군과 살극달이라는 대적을 눈앞에 두고 있다. 지금 은 과거의 은원에 얽매여 대사를 그르칠 때가 아니었다.

인상을 찌푸리기는 제운학 역시 마찬가지였다. 살극달과 수라마군을 핍박하기는 했으나 조빙빙을 향한 그의 마음만큼 은 진심이었다.

그런 자신의 속내를 모를 리 없는 아버지가 선뜻 구담과 조 빙빙의 대결을 지원하는 것이 그는 마음에 들지 않았다.

사실 제종명은 그런 마음을 알기에 조빙빙을 죽여 아들의 마음을 돌리려 했다. 자하부는 어차피 역사의 뒤안길로 사라 질 문파, 장차 자신의 뒤를 이어 제검성을 이끌 제운학이 자 하부의 오공녀 따위에게 마음을 뺏기게 놔둘 순 없었다.

한편, 살극달은 석단룡을 비롯해 구패의 패주들 사이에 흐 르는 미묘한 기운을 읽고 있었다. 언젠가 도방에서 장자이가 했던 말이 문득 떠올랐다.


"하지만 전쟁은 끝나지 않았죠. 십패는 구주(九州)를 나누어 가 졌고, 구대문파와 오대세가를 견제할 때는 똘똘 뭉치는 한편, 그 들 사이에서도 전쟁을 방불케 하는 싸움을 음으로 양으로 펼치고 있어요. 비록 그 위세가 크게 수축하였다고는 하나 구대문파와 오 대세가가 여전히 건재한 상황에서 공멸하지 않기 위해 확전을 피하고만 있을 뿐."

'공동의 적을 맞을 때는 무섭도록 똘똘 뭉치면서도 자신들끼리는 음지에서 전쟁을 방불케 하는 싸움을 벌인다는 말이 사실인 모양이군. 재밌어지는걸.'

살극달이 그런 생각을 하고 있을 때 석단룡이 어금니를 꽉 깨물며 다시 한 번 구적산을 만류했다.

"장주, 기회는 충분히 있을 터이니 지금은 자중하시는 게 어떻소?"

"본인이 보기엔 지금이 바로 그 기회인 듯싶소만."

구적산의 태도는 완강했다.

석단룡의 얼굴이 와락 일그러졌지만 구적산은 개의치 않고 구담을 향해 말했다.

"시작하라!"

구담이 무겁게 고개를 끄덕인 후 앞으로 나섰다.

갑작스러운 제안에 놀란 조빙빙은 가만히 살극달을 응시했다. 살극달이 조용히 속삭였다.

"승부를 내지 않아도 좋소."

조빙빙은 살극달이 자신의 마음속에 맺힌 응어리를 풀 수 있도록 기회를 주려 한다는 걸 알았다. 무리하게 승부를 내려 하지 말라는 것은 자신을 걱정해서 하는 말이었다. 비록 부상

중이라고는 하나 혼원벽력검을 익힌 구담은 여전히 무서운 존재였다.

그때였다.

갑자기 석가장의 호법당주 조철건이 장내로 뛰어들었다. 무언가 다급한 표정의 그는 살극달과 수라마군이 있는 것도 개의치 않고 석단룡을 향해 말했다.

"하늘을 좀 보십시오."

조철건의 말에 따라 사람들의 시선이 일제히 전각 지붕 너머로 보이는 하늘을 향했다. 사방에서 잿빛 연기가 뭉게뭉게 피어오르고 있었다.

"무슨 일인가?"

석단룡이 놀라 물었다.

"석가장을 둘러싼 숲 전역에 불이 났습니다."

"무어라?"

"약간의 시차를 두고 동시다발적으로 솟아오른 불길이 하나로 합쳐지면서 거대한 화막(火幕)이 만들어졌습니다."

석단룡은 재빨리 전각의 지붕으로 도약해 바깥 사정을 살폈다. 조철건의 말은 사실이었다. 사방이 전각으로 둘러싸인 안쪽에 있는지라 몰랐는데, 석가장을 둘러싼 숲 전역에 불길이 치솟고 있었다.

석단룡은 황급히 바닥으로 떨어진 후 물었다.

"지원군은 어찌 되었느냐?"

"일부는 화마에 갇혀 죽고, 나머지는 화막에 막혀 들어오질 못하고 있습니다."

조철건의 보고에 사람들은 경악한 표정을 감추지 못했다.

초목이 바싹 마르는 계절이다.

석가장이 광활한 수림 한가운데 자리하고 있다는 걸 고려하면 화마는 머지않아 장원을 덮칠 것이다. 누군가 석가장을 둘러싼 숲에 고의적으로 불을 지른 게 틀림없었다.

"제운학, 지금 즉시 청룡십우를 이끌고 지원군이 진입할 수 있도록 길을 열어라. 일강과 부용은 가용 가능한 병력을 이끌고 가 제운학을 도와라!"

석단룡의 명령에 제운학을 비롯한 후기지수들이 일제히 장내를 빠져나갔다. 조빙빙은 문득 통운관의 관선 위에서 엽사담이 했던 말을 떠올렸다.

"나를 포함한 후기지수 십 인의 모임이다. 장차 문주의 자리를 이어받을 청룡들이지. 우리끼리는 청룡십우(青龍十友)라고 부른다. 단 열 명으로 이루어진 조직이지만 각자가 지닌 수하들을 합하면 일천의 병력을 동원할 수 있는 막강한 힘이다. 하지만 그 이름과 달리 청룡십우 내에도 귀천이 있고 서열이 있지. 그들은 사부의 진전을 잇지 못했다는 이유로 내게 자신들과 어울릴 수 있는 자격을 증명하라고 했다."

제운학은 바로 그 청룡십우의 수장이었다.

조철건과 청룡십우, 그리고 그들이 이끌고 온 호위무사들이 빠르게 사라졌다. 장원 전체가 불길에 휩싸일지도 모르는 상황에서 손이 하나라도 아쉬웠기 때문이었다.

하지만 석단룡의 명령에도 불구하고 장내를 떠나지 않는 사람이 한 명 있었다. 조빙빙과의 일전을 기다리고 있는 구담이었다. 제운학에게 명령을 내림으로써 구담의 문제도 해결하려 했던 석단룡은 평정심을 잃고 얼굴이 시뻘게졌다.

구적산이야 그렇다고 쳐도 그에게는 한낱 조무래기에 불과한 구담이 자신의 명령을 정면으로 거역하다니.

한편, 살극달은 숲에 불을 지른 것이 아까부터 보이지 않던 매상옥과 장자이의 솜씨라는 걸 알아차렸다.

이렇게 되면 석가장은 고립된 상태에서 무면호가 이끄는 흑우병단의 오백 무인과 홍적산이 이끄는 팔비영 등을 상대해야 한다.

석가장의 입장에선 최악의 상황이지만 살극달과 수라마군의 입장에선 한번 해볼 만한 싸움이 된 것이다. 더불어 청룡십우와 그들이 이끌고 온 호위무사들마저 한 방에 해결하지 않았는가.

안타까운 것은 화재로 말미암아 조빙빙과 구담의 승부를 지켜볼 여유가 없다는 것이었다. 과감한 판단이 필요한 시점이었다.

"미안하오."

살극달은 조빙빙에게 짧게 한마디를 건넨 후 곧장 신형을 쏘았다. 살극달은 가장 먼저 장내로 뛰어들어 기다리고 있던 구담의 옆구리에 벼락같은 일각을 꽂아 넣었다.

대경실색한 구담이 황급히 검을 휘둘렀지만 헛되이 허공을 베었을 뿐이다. 전혀 예상치 못한 일격에 구담은 옆구리를 부여잡으며 주저앉았다.

갈비뼈 대여섯 대가 통째로 나가 버린 것이다.

"갈!"

뒤늦게 살극달에게 속았다는 것을 알아차린 석단룡이 천둥 같은 대갈일성을 내지르며 장내로 뛰어들었다.

그 순간 조빙빙이 그녀의 애검 소리비검을 쭉 뻗으며 석단룡을 측면에서 찔러갔다. 살극달이 위험에 빠진 순간 제 몸을 돌보지 않고 뛰어든 것이다. 대경실색한 석단룡이 황급히 몸을 틀며 검을 휘둘렀다.

소리비검이 대단한 보검이긴 하지만 마도십병 중 하나인 석단룡의 구공신검(九孔神劍)을 당할 수는 없었다.

쩌겅!

단 일합에 소리비검이 싹둑 잘려 나가 버렸다.

석단룡의 일장이 뒤를 이었다.

"건방진 년!"

펑!

"흐억!"

조빙빙에게 석단룡은 너무나 높은 산이었다. 석단룡이 장법을 펼친다는 걸 인식하는 순간 조빙빙은 왼쪽 어깨에 강력한 일격을 맞고 튕겨 나갔다. 어깻뼈가 통째로 내려앉은 것 같았다. 그나마 결정적인 순간 상체를 비틀지 않았다면 심장이 터져 나가 죽었으리라.

석단룡이 쓰러진 조빙빙을 향해 달려갔다.

조빙빙을 사로잡아 살극달의 난동을 막으려는 심산이었다. 그때 수라마군이 뛰어들었다.

"너는 내 몫이다!"

한편 조빙빙이 석단룡을 향해 검을 찔러가던 그 순간, 살극달은 그녀가 벌어준 시간을 틈타 돌격창을 왼손으로 옮긴 후 구담의 머리통을 향해 내리쳤다. 구담이 황급히 양손을 머리 위로 휘저었지만 공력이 무겁게 실린 살극달의 일격을 피하기엔 역부족이었다.

퍽! 소리와 함께 구담의 팔이 부러지고 머리통이 폭탄이라도 맞은 것처럼 터져 나가 버렸다. 공력을 창간에 담아 안으로부터 폭발을 일으킨 내가중수법이었다.

"노옴!"

구적산이 대경실색해 뛰어들었다.

그의 이런 반응을 예상했던 살극달은 쓰러진 조빙빙을 돌아볼 틈도 없이 구적산을 향해 돌격창을 힘껏 던졌다. 이어 구담의 장검을 취한 후, 돌격창을 쳐내고 달려드는 구적산을 향해 검을 쭉 뻗었다. 검극으로부터 시퍼런 번갯불이 폭사했다.

찌이익!

구적산은 과연 고수였다.

질풍처럼 쇄도하던 그는 어깨를 비트는 간단한 동작으로 살극달이 뽑아낸 강기를 가볍게 흘려보내 버렸다.

헛되이 쏘아진 강기가 허공을 찢어발기는 사이 구적산의 손에 들린, 마도십병 중의 하나임이 분명한 먹빛 장검이 섬뜩한 뇌성을 울리며 살극달의 머리 위로 떨어졌다. 한 맺힌 구적산의 사자후와 함께.

"죽이고 말리라!"

살극달은 벼락처럼 몸을 비틀었다.

뇌기가 서려 시퍼렇게 변한 구적산의 장검이 코끝을 아슬아슬하게 스쳐 갔다.

꽈꽝!

벼락을 맞은 청석판이 사방으로 튀었다.

살극달은 몸을 뺄 틈도 없이 두 번째 장검을 맞아야 했다. 그야말로 촌각의 틈을 비집고 방향을 튼 구적산이 이번엔 횡으로 장검을 휘둘러 왔기 때문이었다.

살극달은 본능에 가까운 움직임으로 철판교를 펼쳤다. 허리가 뒤를 따를 틈도 없이 고개를 꺾는 순간 역시나 뇌기가 서린 장검의 검신이 눈앞을 아슬아슬하게 흘러갔다.

고개를 꺾으면서 자연스럽게 솟구치게 된 머리카락이 싹둑 잘려 나갔다. 흡사 그 모습이 머리통이라도 잘려 나간 것 같았다.

아들의 죽음을 목도한 구적산은 광분했다.

이천풍과 살극달에게 연이어 아들을 둘이나 잃었다. 더구나 구담은 그가 충분히 손을 쓸 수 있는 상황에서 살극달의 잔꾀에 속아 어이없는 죽임을 당했다. 산서의 장원에서 오매불망 기다리고 있을 아내에게 아들의 죽음을 어떻게 말한단 말인가.

반면 살극달은 냉정함을 유지했다.

적은 많고 아군은 적다.

이런 상황에서 살아남기 위해서는 짧은 시간 안에 최대한 적을 많이 쓰러뜨려 놓아야 한다. 구담은 상대를 광분시키기 위한 미끼일 뿐, 구적산이 그 첫 번째 대상이었다.

아들의 복수를 위한 싸움인 탓인지 수라마군과 격전을 벌이고 있는 석단룡을 제외하면 구패 중 누구도 장내로 뛰어들지 않았다. 하지만 그들은 뛰어들거나 구적산을 만류했어야 했다.

고수들 간의 생사투에서 흥분은 금물이다.

아들을 잃은 구적산이야 냉정함을 유지하려고 해도 할 수가 없을 테지만 다른 사람들은 달랐다. 아마도 구적산의 무위를 믿었기 때문이리라. 수라마군은 몰라도 살극달 정도는 구적산이 능히 제압할 수 있다는.

그들의 믿음처럼 구적산의 무위는 대단했다.

본시 녹류산장의 귀형음혼류(鬼形陰魂流)는 그 자체로도 무림의 일절이었다. 거기에 혼원벽력검을 얻고 마병으로 출수를 하니 그 위력은 상상을 초월했다.

살극달은 벼락처럼 이어지는 구적산의 반격 속에서도 전권 밖으로 물러나지 않고 기회를 노렸다. 하지만 검과 검이 격돌하는 것만큼은 피할 수가 없었다.

까강깡깡!

대여섯 번의 격돌이 이어진 후 살극달의 손에 들린 구담의 검은 앞서 돌격창이 그랬던 것처럼 반 토막으로 줄어버렸다.

구담이 지녔던 검이었기에 대단히 보기 드문 명검일 것이 분명했지만, 구적산의 손에 들린 먹빛 장검을 당할 수는 없었다.

검이 한 치가 길면 실전에서 열 치가 유리한 법이다. 살극달이 막다른 상황에 부닥쳤다고 여긴 구적산은 공격의 고삐를 죄었다. 빠르고 강맹하기 짝이 없는 절초가 연이어 터지며 살극달을 압박했다. 그러다 어느 순간, 구적산의 장검과 살극달이 일직선에 놓였다.

꾸르르 꽝!

머리 위에서 일직선으로 선 구적산의 장검이 벼락을 품은 구름처럼 울더니 정말로 벼락을 토해냈다. 엄청난 벼락의 경파가 살극달을 노도처럼 덮쳐 왔다.

혼원벽력검의 일초였다.

그 옛날 어느 마두로부터 시작해 백백궁과 뇌정신군, 그리고 구담을 거쳐 마침내는 하원일을 죽음에 이르게 했으며, 자하부와 녹류산장 사이에 묵은 은원을 만든 바로 그 검법이었다.

피하고 말고 할 성질의 것이 아니거니와 피할 생각도 없었다. 살극달은 놀랍게도 하박을 파고드는 벼락의 경파를 타고 허공으로 솟구쳤다.

일 장의 높이로 솟아오른 그의 장검이 구적산을 향해 일직선으로 뻗었다. 장검의 끝에서 시퍼런 번갯불이 뿜어나갔다.

흡사 붕조(鵬鳥)가 벼락을 토해내는 것과도 같은 이 수법의 이름은 대붕익전(大鵬翼電), 벼락은 정확히 구적산의 정수리를 뚫었다.

펑! 소리가 요란하게 울리며 구적산은 그의 아들 구담이 그랬던 것처럼 뇌수를 뿌리며 쓰러져 갔다.

가볍게 바닥으로 떨어져 내리는 살극달의 뒤쪽 청석판에는 구적산이 죽기 직전에 남기고 간 생의 마지막 흔적 낙뢰흔(落雷痕)이 새겨져 있었다.

第四章
마도십병

차가운 정적이 장내를 휩쓸었다.

혼원벽력검을 대성한 구적산이 살극달에게 쓰러질 줄 누구도 예상하지 못했기에 사람들의 놀라움은 컸다.

행적이 오리무중인 동악뇌성 이종학과 살극달에게 죽은 뇌천자 구적산을 제외하면 구패는 이제 일곱으로 줄어들었다.

그 순간, 석단룡이 찢어져라 외쳤다.

"오왕검(烏王劍)을 회수해야 해!"

구적산의 손에 들린 먹빛 장검의 이름이 오왕검이었나 보다. 하지만 석단룡의 외침은 살극달이 움직이는 것을 본 연후에 나온 것이었다.

구담의 검을 버리고 순식간에 오왕검을 취한 살극달은 두 번째 제물을 향해 신형을 쏘았다. 공격이 최선의 방어라는 말도 있거니와 다수의 적을 상대할 땐 잠시도 생각할 겨를을 주어선 안 된다.

두 번째 제물은 제운학의 아비이자 산동의 패자를 자처하는 제검성주 북두검군 제종명이었다.

"모처럼 적수다운 적수를 만났구나!"

제종명은 차가운 일소를 터뜨리며 뛰쳐나왔다.

깡! 까까가강깡!

격렬한 첫합, 질풍같이 이어진 다섯 합.

엄청난 내공이 담긴 검의 격돌에 불꽃이 튀고 대기가 휘우뚱 일그러졌다. 오왕검을 손에 넣은 살극달은 더는 격돌을 피하지 않았다. 칠백 년을 살아오면서 익히고 다진 숱한 괴공절초들이 무시무시한 기세로 제종명을 겁박해 갔다.

"체면을 차릴 때가 아니오!"

수라마군과 싸우고 있던 석단룡의 입에서 일갈이 터졌다. 모두가 협공에 나서란 얘기다. 패주들은 잠시 머뭇거렸지만 결국 뛰어들었다. 석단룡이 수라마군에게 패할 거라는 생각은 하지 않았지만, 그래도 안전한 게 좋다고 생각했다.

살극달이 구적산을 죽이고 제종명 등을 향해 맹공을 퍼붓는 동안 수라마군은 석단룡을 비롯해 네 명의 거두들과 치열한 싸움을 벌이고 있었다.

무자비하게 퍼붓는 석단룡의 검세로부터 몸을 빼기가 무섭게 이번엔 제왕곡의 곡주이자 황하 이남에서 적수가 없다는 북두검제 이엽이 좌측에서 쇄도해 왔다.

제검성이 산동을 호령한다면 제왕곡은 섬서를 지배한다. 강북을 대표하는 두 개의 문파인데다 이름도 비슷했다. 그런 이유로 강호인들은 이엽을 제검성의 성주인 제종명의 별호에 빗대어 북두검제라고 불렀다. 우열을 논하기 어려울 만큼 뛰어났기 때문이다.

자색을 띤 한 자루 장검이 섬뜩한 용울음 소리를 냈다. 스스로 운다는 뜻에서 자명검(自鳴劍)이라 이름 붙은 저 마병은 검수의 진기와 공명해 대기를 진동시키는 공능이 있다.

가볍게 볼 공능이 아니었다.

저 검과 격돌하는 병기는 그게 무엇으로 만들어졌든 조직이 파괴되어 쩍쩍 금이 가다가 결국에는 산산조각이 나버린다. 마도십병 중에서도 가장 무서운 축에 드는 병기였다.

하지만 수라마군은 그 무서운 병기를, 그것도 구패의 일인인 이엽이 휘두른 검을 맨손으로 덥석 잡았다. 보검의 날카로움을 이기지 못한 수라마군의 손에서 선혈이 비쳤다.

당황한 이엽의 눈에 급격한 속도로 커지는 수라마군의 장심이 보였다. 이엽은 그야말로 초인적인 반사신경을 발휘해 상체를 뒤로 꺾었다.

뻐엉!

수라마군의 장심은 닿지도 않았다. 그럼에도 불구하고 엄청난 경파가 밀려와 이엽의 가슴을 격타했다.

격공장(隔空掌)!

허공을 격해 멀리 떨어진 상대에게 타격을 가하는 장법의 최고 경지다. 충격을 이기지 못한 이엽은 연거푸 다섯 걸음이나 물러난 상태에서 겨우 걸음을 멈출 수 있었다.

그때쯤엔 우측에서 청수한 노도사와 같은 인상의 노인이 눈처럼 하얀 장검을 찔러왔다. 지척에 이르기도 전에 오싹한 한기부터 느껴졌다. 사천의 패자이자 그 내력이 장막에 가려졌다는 신비문파인 검각의 각주 기린검 냉하상이었다.

한빙검(寒氷劍)이라 이름 붙은 그의 장검은 본시 대설산에서 은거하던 노마두의 애병이었다. 노마두는 저 검을 만년설이 쌓인 어느 협곡에서 구한 설강(雪鋼)으로 만들었는데, 끝내는 녹이지 못해 십 년 동안이나 금강석에 갈아 겨우 형체를 잡을 수 있었다고 했다.

평범한 이름과 달리 어지간한 내공을 쌓지 않은 자는 가까이할 수도 없거니와 단지 방 안에 놓아두는 것만으로도 주변의 공기를 얼려 버리는 무시무시한 병기다. 저 검이 뿜어내는 검기에 맞으면 오장육부가 얼어버린다.

수라마군은 가볍게 한 걸음을 물러났다.

냉하상이 뿌린 한기가 수라마군의 가슴을 아슬아슬하게 훑고 지나간 후 바닥을 때렸다.

콰콰쾅!

방원 일 장여의 청석판이 하얗게 얼어버리더니 파편이 되어 흩날렸다. 수라마군의 좌장이 허공을 격한 것도 동시였다.

뻐엉!

수건을 터는 듯한 소리와 함께 허공에 떠 있는 청석판의 수많은 파편이 장력에 밀려 맹렬한 속도로 냉하상을 덮쳤다. 당황한 냉하상이 한빙검을 난상으로 휘두르며 검막을 만들어냈다.

따당땅땅!

청석판의 파편이 검막에 부딪히면서 요란한 폭음이 울렸다. 그 순간 수라마군의 손에 들려 있던 돌격창이 청석판의 파편과 뒤섞여 검막을 뚫어버렸다.

"헉!"

냉하상이 황급히 검세를 거두며 물러났다. 부지불식간에 일창을 허용한 그의 어깨에선 어느새 선혈이 뿜어져 나오고

마도십병 95

있었다.

북두검제 이엽에 이어 기린검 냉하상까지 일격을 허용하자 석단룡의 표정이 썩어 문드러졌다. 수라마군이 극강의 고수임은 알았지만 불과 십여 번의 손속을 나누는 동안 천하를 호령하던 두 거물이 이처럼 낭패를 당할 줄은 상상도 못한 까닭이었다.


수라마군이 압도적인 무력을 앞세워 이엽과 냉하상에게 각각 일격을 가하는 사이 살극달은 제종명에 이어 가세한 은하검문의 문주 유성검 백노천, 철기보의 보주 반룡곤 주철산을 상대로 악전고투를 치렀다.

제종명이 공격의 선봉에 섰다.

제종명의 검초는 빠르고 음험했으며 강맹했다.

구대문파나 오대세가와 달리 일 갑자의 세월 동안 급격하게 성장한 제검성의 무학에 대한 정보가 살극달에겐 없었다.

장자이를 통해 얻은 정보는 제검성이 문파의 이름처럼 패도적인 검공을 구사한다는 것이 고작이었다. 백백궁에서 마공 비급을 얻은 후 무학의 가지가 크게 달라졌을 것을 고려하면 그야말로 단편적인 정보에 지나지 않았다.

하지만 줄기만은 변하지 않았는지 허공을 엄습해 오는 기이한 자줏빛 검신에선 태산을 쪼갤 듯한 거력이 실려 있었다.

막강한 검풍을 동반한 검세가 살극달의 목을 아슬아슬하게 스쳐 갔다. 예상치 못한 순간에 터진 벼락같은 일격에도 불구하고 살극달은 찰나의 틈을 놓치지 않았다.

본시 일격은 일틈을 동반하는 법.

좌보를 내딛으며 빠르게 측면을 파고든 살극달은 죽은 구적산에게서 빼앗은 오왕검을 힘차게 뻗었다. 일직선으로 놓인 먹빛 검신으로부터 시퍼런 번갯불이 쏘아졌다.

찌이익!

귀청을 찢는 굉음과 함께 제종명의 가슴 어림이 한 뼘이나 찢겨 나갔다. 너덜거리는 옷자락 사이로 선명한 검흔이 보였다. 하지만 상처는 깊지 않았고, 오히려 제종명을 경동시키기만 했다.

"건방진 놈!"

진노한 제종명의 신형이 질풍처럼 쇄도했다. 그는 자신의 안위를 돌보지 않은 채 무소처럼 전권을 파고들었다.

반드시 일격을 허용할 수밖에 없는 이 무식하고도 단순한 공격을 제종명과 같은 극강의 고수가 시전한 것은 주철산과 백노천이 각각 좌우에서 살극달을 동시에 노리고 있었기 때문이었다.

제종명의 검을 막자니 좌우의 옆구리가 뚫린 판이고, 좌우를 막자니 가슴이 관통당할 판이다.

'피할 길이 없다!'

그건 본능적인 움직임이라고밖에는 말할 수 없었다. 찰나의 순간, 살극달은 상체를 살짝 비틀어 왼쪽 어깨로 우방에서 닥쳐오는 백노천의 검을 막았다. 차가운 검날이 살과 뼈를 헤집고 들어오는 것이 느껴졌다. 어깨를 내주어 백노천의 검을 봉쇄하는 순간 바로 그 어깨너머로 주철산의 반룡곤이 흘러갔다.

퍼억! 소리가 요란하게 울렸다.

어이없게도 주철산의 곤이 살극달의 어깨에 일검을 박아넣은 백노천의 얼굴의 반쪽을 후려친 것이다.

너무나 가까운 거리에서 갑자기 벌어진 돌발상황인지라 주철산은 미처 곤을 회수하지 못했다. 부지불식간에 백노천이 고개를 꺾지 않았다면 즉사를 면치 못했을 것이다.

찰나의 순간 백노천과 주철산은 등줄기가 서늘해졌다. 그 순간 살극달의 오른손은 벌써 태극의 궤적을 그리고 있었다. 그 궤적이 전방에서 찔러오던 제종명의 검신을 사정없이 때렸다.

깡!

귀청을 찢는 굉음과 함께 제종명의 검신이 바닥으로 처박히는 순간, 살극달은 벼락처럼 방향을 틀며 검을 사선으로 그었다. 그 궤적 안에 주철산의 두 다리가 있었다.

"아악!"

지난바 명성에 어울리지 않게 찢어져라 비명을 지르며 쓰러지는 주철산은 이미 무릎 아래가 사라지고 없었다.

백노천은 반룡곤에 맞은 충격으로 얼굴에서 피를 철철 흘렸고, 주철산은 잘려 나간 두 다리로부터 피를 철철 흘렸다. 주철산은 이미 항거불능의 상태가 된 반면 백노천은 아직 싸울 수가 있었다.

살극달로서는 이제 백노천과 제종명만 상대하면 되었다. 절체절명의 위기를 기회로 만들어 버린 살극달의 대범한 임기응변에 제종명도 그제야 등이 축축해졌다.


수라마군과 네 거두의 싸움은 절정으로 치닫고 있었다. 수라마군이 냉하상을 상대하던 순간, 굉음과 함께 측면으로부터 막강한 살기가 엄습했다. 시퍼런 귀두도(鬼頭刀)를 든 대머리 노인은 천룡문의 문주 독두도왕 육사독이었다.

귀신의 머리를 도두(刀頭) 새겨 넣은 귀두도는 음험한 모양과 달리 일체의 파공성을 내지 않는 괴이한 공능이 있었다.

덕분에 살기를 감지하는 순간엔 이미 귀두도가 지척에 이르게 된다. 보검을 무처럼 썰어버리는 것은 기본이다.

마도십병으로써의 이름 역시 귀두도다.

수라마군은 돌격창을 짧게 휘둘러 귀두도를 상대했다. 접전이 벌어지는 순간부터 이것만은 피하고자 했던 상황이었다. 나무로 창간을 만든 돌격창으로는 마도십병 중 하나인 귀두도를 상대할 수 없기 때문이었다.

아니나 다를까, 귀두도에 맞은 돌격창이 '쩍' 소리와 함께 반 토막 나버렸다. 창날이 달린 앞부분을 날려 버린 대가로 육사독의 일도를 가까스로 피하기 무섭게 이번엔 이엽과 냉하상의 막강한 검세가 좌우의 옆구리를 지지고 들어왔다.

두 명의 무림 거두가 뿌리는 검초를 동시에 상대해야 하는 초유의 상황, 더는 나중을 생각할 겨를이 없었다.

수라마군은 공력을 십성까지 끌어 올렸다.

후발선제의 정수를 보여주듯 좌방에서 찔러오는 이엽의 자명검을 토막 난 창간으로 후려쳐 방향을 바꾸고, 그 틈을 타 우방에서 지져오는 냉하상의 한빙검을 찍어 눌렀다.

따당!

두 개의 검이 튕겨내는 소리는 거의 동시에 울렸다. 그 순간, 등 뒤로부터 귀청을 찢는 뇌성이 울렸다.

꾸르릉!

질풍처럼 돌아서는 수라마군의 눈에 보이는 것은 반장 높이의 허공에서 장검을 머리 위로 한껏 치켜든 석단룡, 그리고 그의 장검 끝에서 파란 구체로 변한 뇌전(雷電)이었다.

그것이 뇌전을 구현해 내는 삼 종의 무공 중 하나 뇌향경천검(雷響驚天劍)의 검강(劍罡)이라는 걸 인지하는 순간, 석단룡의 검이 일직선으로 뻗었다.

시퍼런 번개공이 수라마군을 덮쳤다.

퍼엉!

활짝 열린 가슴으로 고스란히 번갯불을 받아낸 수라마군은 십여 장 바깥의 전각으로 튕겨 날아갔다. 이어 꽝음과 함께 벽을 뚫고 사라졌다. 벽과 건물 일부가 무너지면서 수라마군을 집어 삼켜 버렸다.

하원일은 구담이 펼친 혼원벽력검을 맞고 가슴에 낙뢰흔을 새긴 채 절명했다. 구담과는 비교도 할 수 없는 공력의 소유자인 석단룡이 펼친 뇌향경천검의 뇌전을 무방비 상태에서 맞았으니 구백 년을 산 수라마군이라고 해도 무사할 리 없었다.

한편, 가장 큰 면적을 차지하고 있던 온실 전각이 무너지자 그 여파로 말미암아 안에서 자라던 온갖 기화요초가 휩쓸린 모양이었다.

좀 전까지만 해도 피 튀기는 혈전이 벌어지던 공터는 노란 꽃가루와 코를 찌르는 향기로 가득 차버렸다.

그 광경이 마치 봄의 화단 같았다.

작금의 살벌한 분위기와는 너무나 어울리지 않는 풍경 속에서 살극달의 목소리가 허공을 갈랐다.

"데뭉게!"

데뭉게는 수라마군의 이름이다.

왜 갑자기 그의 이름이 떠올랐는지는 알 수 없다. 고함을 지르며 전권 밖으로 물러난 살극달은 곧장 수라마군을 향해 달려가려 했다. 하지만 제검성주 제종명과 은하검문주 백노천이 그림자처럼 따라붙었다.

두 명의 고수가 살극달의 발을 묶는 사이 이엽과 냉하상, 육사독이 신형을 쏘았다. 모처럼 찾아온 승기를 놓치지 않으려는 듯 세 사람은 각자의 병장기를 꼬나 쥐고 무너진 건물의 잔해 속으로 뛰어들었다. 수라마군의 숨통을 확실하게 끊어 놓으려는 심산이었다.

잠시 후, '퍽!' 소리가 요란하게 울리더니 한 사람이 도로 튕겨져 나왔다. 검붉은 피를 허공에 뿌리며 석 장이나 날아간 끝에 땅바닥으로 처박히는 사람은 천룡문의 문주 육사독이었다.

그는 손을 바닥에 짚으며 한차례 몸을 일으키려 했지만 다시 털썩 쓰러지고 말았다. 눈을 부릅뜬 채 미동도 않는 그의 벌려진 입 사이로 피와 뒤섞인 내장조각이 흘러내렸다.

절명이었다.

그때쯤엔 '깡깡' 소리와 함께 냉하상과 이엽이 구멍 난 벽으로부터 뒷걸음질쳐 나오고 있었다. 맹렬한 속도로 검을 휘둘러 가는 두 사람의 맞은편엔 놀랍게도 꽃가루를 흠뻑 뒤집어쓴 수라마군이 있었다. 그의 손엔 어느새 칼 한 자루가 들려 있었다.

세 사람이 건물 속으로 뛰어드는 순간 수라마군은 육사독을 일장으로 쳐 죽이고 귀두도를 빼앗은 것이다. 돌격창을 버리고 귀두도를 취한 수라마군에게 냉하상과 이엽은 상대가 되질 않았다.

수라마군이 움직일 때마다 그의 몸에서 꽃가루가 흩날렸다. 피와 살기로 가득 찬 공간에 꽃가루가 분분히 날리는 이 기묘한 조합은 오래가지 않았다.

새파란 불똥이 폭죽처럼 연이어 터진다 싶더니 별안간 냉하상이 '억!' 소리를 내며 몸을 비틀었다. 전권에서 물러나는 그의 한쪽 어깨가 보이질 않았다. 몸으로부터 떨어져 나간 어깨는 허공을 날아 일 장 밖으로 떨어졌다.

"으아아악!"

고통에 찬 냉하상의 비명이 허공을 갈랐다.

사선으로 잘려 나간 상처의 단면에선 피가 폭포수처럼 솟구쳤다.

냉하상이 처참한 부상을 당해 비명을 지르는 와중에도 이엽은 한눈을 팔 틈이 없었다. 그는 모든 신경을 수라마군에게로 집중했다. 수라마군이 숨 쉴 틈도 없는 공격을 퍼부어댔기 때문이었다.

흡사 유성우가 쏟아지는 듯한 도초와 그 도초에 실린 막강한 압력은 이엽이 평생토록 경험한 적 없는 것이었다. 어느 순간 유난히 빛나는 유성 하나가 그의 옆구리를 파고들었다.

"흡!"

짧은 신음과 함께 동작을 멈춰 버린 이엽의 옆구리에 낯익은 칼 한 자루가 깊숙이 박혀 있었다. 그 칼의 연장선에 쭉 뻗은 수라마군의 손이 있었다.

"가라! 간악한 위선자여!"

수라마군이 귀두도를 바깥으로 휘둘렀다.

칼이 박힌 지점으로부터 옆구리가 썰려 나갔다. 이엽은 감히 반격할 생각을 하지 못하고 옆구리를 부여잡으며 대여섯 장 바깥으로 물러났다. 갈라진 옆구리에서 흘러내린 피가 순식간에 그의 오른쪽 다리를 흥건하게 적셨다.

살극달도, 살극달을 상대로 연수합격을 펼치던 제종명, 백노천도 귀신에 홀린 것처럼 그 자리에 얼어붙어 버렸다.

눈 깜짝할 사이에 육사독을 저승으로 보낸 것도 모자라 냉하상과 이엽에게 목숨을 장담할 수 없는 중상을 입힌 수라마군은 천천히 석단룡을 향해 돌아섰다.

피가 뚝뚝 떨어지는 귀두도를 아래로 향한 채 수라마군이 걸음을 옮기기 시작했다. 저승사자가 자신을 향해 다가오는

데도 불구하고 석단룡은 어쩐 일인지 한 치의 흔들림도 없었다.

"과연 대단하군. 전대의 고인들이 네놈 하나를 어쩌지 못해 유지를 남긴 것이 이제야말로 이해가 되는군."

"너 역시 그들처럼 될 것이다."

"항상 궁금했다. 영생을 산다는 건 어떤 느낌인가?"

"무서운 일이지."

"무섭다? 뜻밖의 대답이로군. 하지만 이해가 될 것도 같다."

"검을 들어라. 이제 그만 너희와 나의 악연을 끝내자."

지척에 이른 수라마군이 걸음을 멈추고 말했다.

석단룡은 여전히 검을 아래로 늘어뜨린 채 답했다.

"너는 우리를 찾지 말았어야 했다. 그랬다면 너는 과거에 그랬던 것처럼 앞으로도 장구한 세월을 살 수 있었을 것이다."

살극달은 무언가 이상함을 느꼈다.

검을 아래로 늘어뜨린 수라마군이 손이, 그 손과 연결된 팔이 미세하게 떨리고 있었던 것이다.

더불어 낯빛도 창백해졌다.

석단룡의 뇌전에 맞은 여파라고 보기엔 뭔가 이상했다. 그건 고통에 따른 경련이라기보다는 무언가 자신의 의지대로 되지 않는 것에서 오는 부자연스러움과 당혹감이었다.

그 순간, 살극달은 한 자락 사이한 기운이 자신의 몸 전체에 퍼지는 것을 느꼈다. 미세한 변화였지만 발과 손가락의 감각이 둔해지며 몸에 약간의 마비가 오는 것 같았다.

"독!"

살극달의 입에서 나직한 신음이 흘러나왔다.

"클클클, 이제야 너희가 사지로 들어온 줄을 알겠느냐?"

석단룡이 비릿한 실소를 흘렸다.

살극달은 재빨리 수라마군의 상태를 살폈다. 얼굴을 잔뜩 일그러뜨린 그는 금방이라도 쓰러질 듯 위태로워 보였다. 중독된 사람은 수라마군과 살극달만이 아니었다. 어찌 된 영문인지 유일하게 싸움이 가능한 백노천과 제종명 역시 몸의 변화를 느끼고 놀란 표정을 짓고 있었다.

"왜… 우리까지?"

제종명이 목소리를 쥐어짰다.

"한 사람만 겨냥해서 쓸 수 있는 독이 아니었소."

"꽃가루……!"

살극달이 낮게 신음했다.

석단룡이 의외라는 듯 살극달을 바라보았다.

"네놈은 정녕 모르는 게 없구나. 바로 보았다. 남만을 모두 뒤져 찾아낸 요랑초(妖瑯艸) 일곱 송이가 때마침 꽃을 피웠지."

요랑초는 수백 년을 넘긴 무덤에서 극히 드물게 자라는 요초로 한 번 꽃을 피우면 근동 십 리에 있는 동물의 씨를 말린다는 절독 중의 절독이다.

독이 작용하는 기제는 이렇다.

요랑화의 냄새를 맡으면 독기가 가장 먼저 피를 오염시킨다. 피를 통해 전신으로 퍼진 독기는 심장에서 먼 부위의 근육부터 천천히 마비시키다가 점점 손가락 하나 까딱할 수 없는 지경으로 만든다.

근육의 마비는 내부로도 이어져, 장기가 하나둘씩 멈추고, 피의 흐름이 멈추고, 숨이 멈추고 결국에는 죽음에 이른다.

중독을 알아차렸을 때는 독이 혈도를 건드리고 난 후다. 공전절후의 내공을 지닌 자라도 기혈을 제 마음대로 다룰 수 없고서야 독기를 태우거나 밀어낼 수 없다.

그나마 독인들 사이에서 전설로만 떠돌 뿐 실제로 본 사람도, 그 독에 당했다는 사람도 없었다. 당연히 해독제는커녕 해독하는 비방에 대해서조차 알려진 바가 없었다.

하지만 모두가 냄새를 맡고도 석단룡만큼은 무사한 걸 보면 분명 해독제가 존재하리라. 그리고 한 가지 더 요랑화는 중독이 된 후 장기가 모두 멈출 때까지는 반 시진의 시간이 걸린다. 그 안에 석단룡을 사로잡고 해독제를 빼앗아야 한다.

"서둘러야 해!"

살극달이 외치자 수라마군이 검을 치켜들고 달렸다. 그와 동시에 어디선가 맑은 음향이 울렸다.

따앙!

소리와 함께 수라마군은 심장을 움켜쥐며 그 자리에 멈춰 서 버렸다. 석단룡과의 거리는 불과 일 장 남짓, 한 번의 도약이면 검을 휘둘러 목을 벨 수 있는 거리였다.

음향이 울리는 순간 살극달은 무언가 내부를 때리는 듯한 충격과 함께 심장에서 극통을 느꼈다. 마치 누군가 몸속으로 손을 넣어 심장을 움켜쥐는 것 같은 고통에 손가락 하나 까딱할 수 없을 지경이었다. 수라마군 역시 똑같은 고통을 느끼고 멈춰 선 것이 분명했다.

소리는 계속해서 울렸다.

따앙… 따따… 따앙…….

소리의 정체는 금(琴)이었다.

언제 나타났는지 서쪽 전각의 지붕 위에서 십지신수 여일몽이 제 키에 육박하는 먹빛 금을 뜯고 있었다. 원리를 알 수는 없지만 저 음의 파동이 기혈을 두들겨 중독의 증상을 가속화하고 있음이 분명했다.

흡사 요괴의 노랫소리 같기도 한 여일몽의 연주는 계속됐고, 살극달은 점점 심해지는 고통에 몸서리를 쳤다. 손에 들린 오왕검이 천근만근으로 느껴지는가 싶더니 온몸이 물먹은 솜처럼 무거워졌다. 서 있는 것조차 힘들어 한 걸음을 옮겨 딛으려 했지만 발이 말을 듣지 않았다.

그건 수라마군 역시 마찬가지였다.

살극달이 단지 요랑화의 냄새를 맡은 것에 비해 수라마군은 꽃가루를 흠뻑 뒤집어썼다. 중독의 증상 또한 살극달과는 비교도 할 수 없을 터, 그는 바닥에 찍은 귀두도에 의해 가까스로 서 있을 뿐이었다.

그나마 전투의 초반에 석단룡에게 일격을 맞고 쓰러진 조빙빙이 그중 나았다. 살극달과 수라마군이 적들을 상대하느라 피가 빨리 돈 반면 그녀는 그렇지 않았기 때문이었다. 하지만 심장을 움켜쥐고 괴로워하는 것은 마찬가지였다.

상처를 입은 제종명과 백노천은 아예 그 자리에 털썩 주저앉았다. 두 사람은 누가 먼저랄 것도 없이 석단룡을 향해 육두문자를 쏟아내기 시작했다.

"석단룡, 이 쳐 죽일 놈이……!"

"우리를 이렇게 만들고도 네놈이 무사할 성싶으냐……!"

그나마 욕이라도 할 수 있는 제종명 백노천에 비해 이미 불구가 된 냉하상, 주철산, 이엽은 바닥에 쓰러진 상태로 벌레처럼 꿈틀거리며 신물을 게워냈다.

그때쯤엔 살을 익혀 버릴 듯한 열기가 느껴졌다. 숲에서부터 시작된 화마가 기어코 장원을 덮치기 시작한 것이다. 눈동자가 따끔거리는 것으로 보아 이곳도 곧 화마가 집어삼킬 것 같았다.

"상황이 상황이니만큼, 귀하들에겐 내 나중에 따로 사과를 하도록 하지. 지금은 더욱 시급한 일이 있어서 말이야."

말과 함께 석단룡은 허리를 숙인 채 살 맞은 짐승처럼 바르르 떨고 있는 수라마군을 향해 다가갔다. 이윽고 지척에 이른 석단룡은 수라마군의 무릎 뒤쪽을 발로 쳐 간단하게 주저앉혔다. 구백 년 동안 그 누구도 쓰러뜨리지 못했던 무적의 고수 수라마군이 석단룡의 발길질 한 번에 무릎을 꿇는 순간이었다.

"오늘이 너의 제삿날임을 이제 알겠느냐?"

말과 함께 석단룡의 장심이 수라마군의 명문혈(命門穴)을 쳤다. 등과 허리의 경계에 있는 명문혈은 백회혈(百會穴)과 함께 인간의 목숨을 관장하는 양대 사혈(死穴) 중 하나다. 백회혈이 하늘의 기운을 받아들이는 숨구멍이라면 명문혈은 부모로부터 받은 선천의 기가 통하는 자리다.

명문혈을 정통으로 맞은 수라마군의 등이 활처럼 휘어졌다. 저도 모르게 신음을 흘리는 수라마군의 얼굴이 참혹하게 일그러졌다.

흡사 빨판처럼 찰싹 달라붙은 석단룡의 손으로부터 자줏빛 광채가 피어오르는가 싶더니 순식간에 두 사람을 에워싸

버렸다. 바람 한 점 없이 고요하던 사위에 일진광풍이 몰아쳤다. 수라마군과 석단룡의 옷자락이 태풍을 맞은 돛처럼 펄럭였다.

흡정대법이었다.

지금쯤 노도와 같은 기운이 석단룡의 단전을 향해 빨려 들어가고 있으리라. 수라마군의 입장에서는 구백 년을 쌓아온 막대한 공력을 씹어 먹어도 시원치 않을 적에게 빼앗기는 순간이었다.

"죽여라!"

고통스러운 와중에도 수라마군이 허공을 향해 외쳤다. 그것이 석단룡이 아니라 자신을 향한 것임을 살극달은 모르지 않았다.

수라마군은 전투가 벌어지기 직전 누군가 사로잡히면 나머지 한 사람이 그를 죽이자고 했던 약속을 상기시키고 있었다.

살극달은 남은 힘을 모두 쥐어짜 걸음을 옮겼다. 하지만 검을 끌고 채 다섯 걸음도 옮기기 전에 털썩 주저앉고 말았다.

심장에서부터 시작된 고통은 온몸으로 퍼지더니 오장육부가 용암이라도 들이켠 것처럼 끓어올랐다. 더는 움직일 수가 없었다. 여기서 더 나아갔다간 숨통이 끊어질 거라는 본능적인 경고가 머릿속에서 울렸다.

그때쯤 여일몽의 연주는 절정으로 치닫고 있었다. 처음엔 시냇물처럼 잔잔하게 시작된 음률이 점점 짧고 가팔라져 마침내는 폭우로 변해 휘몰아쳤다.

석단룡의 흡정대법 역시 끝단을 달리고 있었다. 진기를 빼앗긴 수라마군은 잠깐 사이에 폭삭 늙어버린 것 같았다. 얼굴은 주름으로 쭈글쭈글하고 허리는 굽었으며 몸은 말랐다.

보통의 인간에 견주면 육십 년은 더 늙어버린 것 같았다. 불로불사의 존재인 수라마군에게는 상상도 할 수 없는 일이 일어난 것이다.

석단룡은 마지막 한 방울의 피마저 빨아 먹으려는 흡혈귀처럼 죽어가는 수라마군의 등에 찰싹 붙어 떨어지질 않았다.

그때였다.

"어떤 미친놈이 전쟁 중에 악기를 연주하고 지랄이야!"

걸쭉한 욕설과 함께 지붕에 앉은 여일몽의 등 뒤로부터 육중한 포신이 솟아올랐다. 포물선을 그리며 허공에서 반 바퀴를 돈 화포는 아무것도 모른 채 금을 뜯고 있던 여일몽의 머리통을 정통으로 후려쳤다.

빡! 소리와 함께 머리통이 어떻게 되었는지 볼 틈도 없이 여일몽이 사라져 버렸다. 화포의 충격을 이기지 못하고 지붕 일부가 무너지면서 금과 함께 떨어져 버린 것이다.

그 순간, 한 사람이 지붕 위로 모습을 드러냈다.

머리카락이 온통 풀어 헤쳐진 모습으로 화포를 어깨에 척

둘러멘 그는 놀랍게도 검노였다.

검노는 살극달을 발견하자마자 외쳤다.

"옛 됐다. 옛 됐어. 지원군이 몰려와 흑우병단 놈들이 몰살 당하기 직전이다. 홍적산과 목추경이라는 놈은 동악뇌성이 쏜 화살에 맞아 뒈졌고, 나머지 팔비영인가 뭔가 하는 놈들은 어디로 도망가 버렸는지 아까부터 코빼기도 안 보인다!"

숨 한 번 쉬지 않고 제 할 말을 쏟아낸 검노는 뒤늦게 살극 달의 상태가 이상하다는 걸 알아차린 모양이었다.

"어라? 너 왜 그러느냐?"

"그를… 죽여야……!"

살극달이 목소리를 쥐어짜며 손가락으로 석단룡을 가리켰다. 뒤늦게 수라마군의 등에 거머리처럼 찰싹 달라붙어 있는 석단룡을 발견한 검노가 외쳤다.

"저건 또 뭐야?"

"죽여야 해……!"

"죽이고말고."

말이 떨어지기 무섭게 지붕을 박차고 날아오른 검노는 바 닥으로 떨어지자마자 곧장 석단룡을 향해 신형을 쏘았다. 달 리는 와중에 화포는 그의 어깨를 떠나 허공에서 원을 그리고 있었다.

"죽어라!"

쇠사슬에 매달린 화포가 맹렬한 기세로 석단룡을 향해 뻗었다. 마지막 남은 한 줌의 진기라도 빨아들일 것처럼 떨어지지 않던 석단룡이 수라마군의 등에서 장심을 뗐다. 동시에 좌장을 바깥으로 힘차게 휘둘렀다.

떠엉!

흡사 범종을 두들기는 듯한 굉음과 함께 화포가 벼락처럼 튕겨져 나갔다. 막강한 반탄력을 이기지 못한 검노는 화포와 함께 허공에서 몇 바퀴나 돌더니 대여섯 장 밖 구석에 처박혀 버렸다.

아직도 쇠사슬에 매달린 채 바닥을 나뒹구는 화포에는 다섯 손가락이 선명한 장인(掌印)이 찍혀 있었다. 수라마군에게서 빼앗은 진기가 순간적으로 폭사된 것이다.

"저, 저게 어떻게……!"

석단룡을 노려보는 검노는 황망함에 뒷말을 잇지 못했다. 살극달조차도 막강한 공력이 실린 자신의 공격을 이처럼 가볍게 떨쳐 내지는 못한다. 하물며 일개 무가의 가주에 불과한 석단룡이 어찌 이런 신력을 뿜어낸단 말인가.

第五章

석단룡의 음모

살극달은 검으로 자신의 손바닥을 그었다.

사혈법(瀉血法)이다.

몸에 상처를 내 피의 흐름을 인위적으로 빠르게 해서 근육이 마비되는 속도를 임시방편으로나마 늦추는 방법이다. 하지만 독기는 오히려 더 빨리 퍼진다.

마비에서 어느 정도 풀려난 살극달은 검노가 석단룡을 상대하는 틈을 타 폭삭 늙어버린 수라마군을 십여 장 바깥으로 끌고 나왔다.

"괜찮아?"

"나보다……."

"서둘러 그를 죽이시오!"

살극달이 고개를 돌리며 검노를 향해 외쳤다.

일수로 검노를 물리치긴 했지만 석단룡 또한 피해가 막심함을 살극달은 알고 있었다. 진기는 진기일 뿐, 공력으로의 전환과정이 필요하다.

그것이 타인의 단전을 파괴하고 빼앗은 진기라면 더더욱. 거기에 더해 수라마군의 진기가 구백 년 동안 축적된 것이라는 걸 고려하면 석단룡은 최소 열흘에서 길게는 한 달 정도 폐관운공을 해야 하리라.

무리한 진기의 운용으로 석단룡은 결국 토혈을 하고 말았다. 상체를 숙이며 바닥을 향해 쏟아내는 핏덩이의 양이 적지 않았다.

석단룡이 내상을 입었다는 걸 깨달은 검노가 재빨리 몸을 일으키고는 다시 신형을 쏘았다. 순식간에 거리를 좁힌 검노의 신형이 마지막 삼 장여를 남겨두고 폴짝 뛰어올랐다.

비상과 함께 아래로 늘어져 있던 포신이 커다란 반원을 그렸다. 일부러 궤적을 크게 만들어 타격력을 높이기 위한 움직임이었다. 수백 근에 달하는 쇳덩어리가 석단룡의 정수리를 향해 무시무시한 기세로 떨어졌다.

석단룡이 쌍장을 뻗은 것도 동시였다.

대기를 휘우뚱 일그러뜨리며 쏟아지는 무형의 기세는 분명 장풍(掌風)이었다.

빠빵!

복부에 정통으로 장풍을 맞은 검노의 신형이 고무줄에 매달린 것처럼 쭉 밀려났다. 석단룡의 정수리를 향해 떨어지던 화포도 갑자기 당겨졌다. 검노는 이번에도 대여섯 장을 날아간 끝에 뒤쪽의 건물 벽과 부딪쳤다.

꼴사납게 거꾸로 처박힌 검노의 얼굴 위로 뒤늦게 날아온 화포의 포신이 떨어졌다. 퍽! 퍽! 소리가 연달아 울리며 검노는 발딱 일어나기 무섭게 다시 주저앉고 말았다.

석단룡에게 당한 일격의 충격으로 내장이 진탕당한 것이다. 하지만 그대로 주저앉을 그가 아니었다. 당하면 당할수록 제 몸은 돌보지 않고 덤비는 부류가 있다. 검노가 바로 그런 사람이었다.

"이런 씨벌놈이……!"

연이은 공력의 무리한 운용으로 석단룡은 흡사 주화입마와도 같은 증세를 보이고 있었다. 토혈의 양은 두 배로 많아졌고, 옷 밖으로 드러난 얼굴이며 손은 숯덩이처럼 붉어졌다. 지금쯤 단전이 부글부글 끓고 있으리라.

검노는 몇 번이나 픽픽 쓰러지면서도 기어이 몸을 일으켰다. 하지만 화포를 끌고 석단룡에게까지 다가갈 기력은 없었는지 좌우를 이리저리 둘러보다 바닥에 떨어진 검을 아무거나 잡히는 대로 주워 들었다.

바쁘게 쇠고리를 풀어 화포를 떼어낸 검노가 석단룡을 향해 돌아서는 순간 찢어지는 비명이 울렸다.

"악!"

석단룡이 한 손으로 조빙빙의 머리카락을 틀어쥐고 다른 손에 쥔 장검으로는 금방이라도 베어버릴 것처럼 목을 감고 있었다. 모두가 검노의 행동에 시선이 쏠려 있는 사이 느닷없이 벌어진 일이었다.

그때 때아닌 말발굽 소리가 들리는가 싶더니 무너진 북쪽 전각 사이로 말을 탄 두 명의 인영이 튀어나왔다. 얼굴을 시커멓게 그을린 장자이와 매상옥이었다.

"화마가 장원을 침범했어요. 지금 탈출하지 않으면 죄다 타 죽을⋯⋯!"

고삐를 잡아당기며 빽 소리를 지르던 장자이의 얼굴이 딱딱하게 굳어졌다. 석단룡에게 사로잡힌 조빙빙이 눈에 들어왔기 때문이었다. 뒤늦게 장내의 상황을 파악한 장자이의 입에서 비명과도 같은 신음이 흘러나왔다.

"제기랄!"

석단룡이 검노를 향해 나직이 말했다.

"검을 버려라!"

치욕스럽기 짝이 없는 모습으로 제압당한 조빙빙의 얼굴이 딱딱하게 굳었다. 기습이 아니었어도 조빙빙으로선 어쩔 수 없었다. 작심하고 달려드는 석단룡을 상대하기엔 그녀의 무공이 한참이나 모자랐다. 게다가 어깨뼈가 통째로 으스러지는 중상까지 입었다.

"검을 던져라!"

석단룡이 짐승을 다루듯 조빙빙의 머리를 사정없이 흔들며 외쳤다. 정갈하게 묶은 조빙빙의 머리카락 어지럽게 흩날렸다. 피로 얼룩졌을망정 단아하기 이를 데 없던 얼굴도 참담하게 망가졌다.

살극달은 온몸의 피가 끓어오르는 것 같았다.

"한 번만 더 그 손을 움직이면 기필코 석 가의 씨를 말리겠다!"

얼음장처럼 차가운 살극달의 경고에 제종명과 백노천은 등이 축축하게 젖어드는 것 같았다. 살극달을 힐끗 바라본 석단룡은 실소를 흘리더니 다시 검노를 향해 더욱더 냉엄한 표정으로 말했다.

"마지막 경고다. 검을 던져라!"

검노는 선뜻 검을 던지지 않았다.

그는 천천히 주변을 돌아보았다.

그제야 살펴본 광경은 참담하기 이를 데 없었다. 구적산은 무엇에 어떻게 당했는지 머리가 두 쪽 난 채 널브러져 있다. 멀지 않은 곳엔 육사독이 두 눈을 부릅뜬 채 죽어 있고, 역시나 멀지 않은 곳에서 잘린 어깨를 부여잡고 죽어가는 냉하상과 옆구리가 터져 언제 죽을지 모르는 이엽, 두 다리를 잘린 채 바닥을 뒹구는 주철산도 보였다.

승부는 이미 끝난 거나 마찬가지였다.

하지만 아직 제종명과 백노천이 살벌한 기세로 검을 쥐고 있었다. 그들 역시 온전한 몸이 아니었지만, 독에 중독되기라도 했는지 혈색이 창백한 살극달, 그리고 매미껍질처럼 텅 비어버린 수라마군의 목숨을 빼앗기에는 충분했다.

이런 상태에서 자신마저 검을 버리면 모든 게 끝나 버린다. 구십여 년을 살아온 생애에 종지부를 찍어야 하는 것이다. 따지고 보면 자신과는 아무런 관련이 없는 일에 말이다.

간단한 일이 아니었다.

남의 집 앞에서 남몰래 오줌 누다 들킨 사람처럼 이러지도 저러지도 못하고 서 있는 검노를 향해 살극달이 나지막하게 말했다.

"검을 버리시오."

"내가 왜?"

"명령이오."

"네가 뭔데?"

"잊었소? 당신은 내게 종복이 되겠다고 맹세했소."

"……!"

"……."

"다 죽자는 거야!"

검노가 버럭 소리를 질렀다.

살극달은 더는 대꾸를 하지 않았다.

어금니를 빠드득 가는 소리가 들리는 듯했다. 검노는 작금의 상황이 억울한 듯 살극달을 잡아먹을 것처럼 노려보다가 조빙빙을 슬쩍 곁눈질하며 물었다.

"그럴 만한 가치가 있는 여자이더냐?"

"내 의제라면 그랬을 것이오."

"네놈의 생각을 묻는 것이다! 저 여자가 목숨을 걸 만한 가치가 있는 여자이더냐!"

잠시 침묵이 흘렀다.

검노, 석단룡, 수라마군을 비롯해 아직 숨이 붙어 있는 모든 사람이 살극달의 입만 바라보았다. 객관적으로 봤을 때 석단룡에게는 더는 검노를 상대할 기력이 남아 있지 않았다. 검노가 마음만 먹는다면 석단룡은 죽은 목숨이다. 살극달의 한마디에 여러 사람의 목숨이, 나아가 향후 무림의 판도가 달려있었다.

"내게도 그렇소."

"너는 지금 계집 하나를 살리기 위해 많은 사람의 목숨을 걸고 도박을 했다. 그 사실을 잊지 마라!"

평소와 달리 착 가라앉은 검노의 음성이었다.

쨍그랑!

검노는 결국 손에 든 검을 던져 버렸다. 석단룡이 살극달을 바라보며 조소를 흘렸다.

"크크크, 그럴 줄 알았다. 그게 네놈의 한계다. 쓸데없이 정에 얽매이는 네놈의 그 나약한 성정이 결국엔 너와 동료들이 파멸로 이끌 것이다. 크크크."

넘치는 진기를 주체하지 못한 석단룡의 모습은 흡사 지옥에서 걸어나온 사신과도 같았다. 눈동자에선 줄기줄기 화염이 뿜어져 나왔고, 머리카락은 땀구멍을 통해 터져 나온 진기로 말미암아 허공을 향해 넘실댔다.

주화입마의 초기 증상이었다.

운공을 통해 서둘러 진기를 다스리지 않으면 목숨을 장담할 수 없으리라. 그때쯤엔 바깥으로부터 사람들의 함성이 들려오고 있었다. 흑우병단을 몰살한 이천의 병력이 지척까지 달려온 것이다. 그들 중에는 독이 잔뜩 오른 동악뇌성 이종학도 있을 것이다.

"시간이 없어요!"

장자이가 찢어져라 고함을 질렀다.

그 순간, 살극달은 조빙빙의 얼굴이 돌변하는 걸 놓치지 않았다. 굳게 다문 입술과 착 가라앉은 눈동자, 그 눈동자에 어린 굳고 단호한 기도는 무언가 중대한 결심을 한 사람의 그것이었다.

"안 돼!"

살극달이 외쳤다.

"꼭 복수해 주세요."

말과 함께 조빙빙은 석단룡의 검신을 덥석 쥐고 자신의 목을 밀어 넣었다. 살아서 살극달에게 짐이 되지 않기 위해 자살을 기도한 것이다.

"이런 미친년!"

대경실색한 석단룡이 황급히 검을 바깥으로 털어냈지만 조빙빙의 가슴에선 이미 붉은 선혈이 철철 흘러내리고 있었다. 그녀가 결심을 행동으로 옮기는 순간 석단룡이 재빠르게 반응하지 않았다면 잘려 나간 것은 가슴이 아니라 목이었을 것이다.

하지만 목숨을 잃기에는 충분한 부상이었다.

조빙빙은 고통을 이기지 못하고 털썩 쓰러졌다.

분기탱천한 매상옥이 말에서 훌쩍 뛰어내리더니 쌍겸을 뽑아 들고 달려나갔다. 석단룡이 광소를 터뜨리며 한쪽 팔을 휘저었다. 그 순간 막강한 경력이 뿜어져 나와 매상옥을 후려쳤다.

펑!

재빨리 두 팔을 앞세워 가슴을 보호했지만 막강한 경력은 매상옥을 대여섯 장 바깥으로 날려 버렸다. 건물의 벽에 등을 부딪치며 떨어진 매상옥은 벼룩처럼 발딱 일어나며 쌍검을 고쳐 잡았다. 하지만 공격을 재개하기도 전에 피를 한 모금이나 토해냈다. 매상옥이 소매로 입가에 묻은 피를 닦은 후 다시 공격하려는 순간 살극달이 말했다.

"멈춰!"

"……?"

살극달은 장자이를 향해 재우쳐 말했다.

"지금 즉시 여길 빠져나간다. 나와 수라마군을 말에 태워라."

"오공녀는 어쩌고요!"

매상옥이 버럭 소리를 질렀다.

"지금은 그녀를 구할 수 없다."

"놔두면 놈들에게 잡혀 죽을 거요!"

"시간을 끌면 출혈로 더 빨리 죽게 돼."

매상옥은 힐끗 조빙빙을 돌아보았다.

살극달의 말처럼 그녀는 지금 다량의 출혈로 이미 의식을 잃은 상태였다. 구해주고 싶은 마음이야 굴뚝같지만 조빙빙의 앞에서 태산처럼 버티고 선 석단룡을 상대로 이길 자신도 없다.

이런 상황에서 섣부른 실력으로 조빙빙을 구하겠다고 나서면 시간을 끌어 그녀의 죽음을 재촉하는 꼴이다.

살극달의 말은 적의 손에 넘기는 한이 있더라도 일단은 그녀를 살리자는 것이다. 물론 그건 석단룡이 조빙빙을 죽이지 않을 거라는 전제하에서 가능한 말이었다.

살극달은 자신이 보지 못한 무엇을 보기라도 한 것일까? 매상옥은 이런 상황에서도 냉정함을 유지할 수 있는 살극달이 진절머리 났다.

그때 살극달이 소리쳤다.

"장자이, 뭐해!"

"알았어요!"

장자이가 후다닥 달려가 살극달을 번쩍 안아 들더니 자신이 타고 온 말에 태운 후 쏜살같이 사라져 버렸다. 그때쯤엔 화마가 북쪽의 전각을 집어삼키고 있었다.

매상옥도 서둘러 수라마군을 안아 들고는 자신이 타고 온 말에 걸쳤다. 이어 말에 오르기 전 저만치 쓰러져 있는 조빙빙을 힐끗 돌아보았다.

'꼭 살아 있으시오!'

그 순간, 검노가 후다닥 달려왔다.

검노는 매상옥이 고삐를 잡고 있던 말의 궁둥이에 두 손을 짚고 폴짝 뛰어오르더니 그대로 쏜살같이 달아나 버렸다.

"제기랄!"

매상옥이 혼비백산하여 뒤를 따랐다.

장내에는 이제 석단룡과 조빙빙, 그리고 아직도 목숨이 붙어 있는 백노천, 제종명, 주철산, 이엽, 냉하상만 남게 되었다.

석단룡은 반 토막 난 창의 앞부분을 집어 들고는 그들을 향해 천천히 다가갔다. 반 토막 창은 살극달과 수라마군이 장내로 뛰어들 때부터 가지고 있었던 것이다. 두 사람은 바로 그 창으로 대연무장에서 수많은 사람을 죽였다. 무언가 이상한 낌새를 알아차린 백노천 등의 얼굴이 하얗게 질렸다.

"무, 무슨 짓을……!"

백노천의 말은 끝까지 이어지지 못했다.

심장에 박힌 창날을 한차례 바라보는 것을 마지막으로 백노천의 신형이 천천히 넘어갔다. 석단룡은 주철산, 이엽, 냉하상도 같은 방식으로 참혹하게 죽여 버렸다. 이제 남은 사람은 사사건건 자신과 대립하던 제검성의 성주 제종명이 유일했다.

"왜인가?"

제종명은 모든 걸 체념한 듯 차분하게 물었다.

마음은 석단룡을 향해 맹렬하게 검을 휘두르고 있지만 몸이 따르질 못했다. 설사 해독을 한다고 해도 이제 석단룡을 이기지는 못할 것이다. 자신뿐만이 아니라 천하의 누구도 이제 석단룡을 이기지 못할 것이다. 살아 있는 내내 석단룡은 천하제일인으로 군림할 것이다.

"아홉 명은 너무 많았다."

허공으로 솟았던 창이 떨어졌다.

어깨를 뚫고 들어간 창이 사선으로 박혔다. 깊이와 각도로 미루어 창날은 정확히 심장을 관통했을 것이다.

당연하게도 절명이었다.

석단룡은 창을 뽑지도 않은 채 발로 제종명을 밀어버렸다. 풀썩 쓰러지는 제종명을 마지막으로 석단룡은 여덟 명의 패자 중 유일한 생존자가 되었다. 그 순간 동악뇌성 이종학과 제운학이 일단의 병력을 이끌고 들이닥쳤다.

장내에 널브러진 구패의 패주들을 발견한 사람들의 얼굴이 급격하게 식었다. 가주와 문주를 잃은 후기지수들의 분노는 대단했다. 특히 창을 박은 채 처참한 모습으로 쓰러져 있는 제종명을 바라보는 제운학은 온몸을 부들부들 떨었다.

"이건 놈들이 쓰던 창입니다."

누군가 제종명의 어깨에 박힌 창을 뽑으며 말했다. 그 모습을 보며 석단룡은 속으로 흡족한 미소를 지었다. 한차례 주변

을 훑는 것으로 상황을 파악한 동악뇌성은 청룡심우에게 눈
짓을 해 바닥에 널브러진 마도십병을 수거하도록 했다. 청룡
십우가 혼란한 와중에도 발빠르게 마도십병을 수거하는 사이
동악뇌성은 뇌궁대의 고수들을 이끌고 말 발자국이 나 있는
전각 사이로 사라졌다.

그 순간, 석단룡이 풀썩 쓰러졌다.

석일강과 석부용이 황급히 달려왔다.

"아버지!"

석단룡은 멀지 않은 곳에 쓰러져 신음하는 조빙빙을 눈짓
으로 가리키며 속삭였다.

"부용이는 저년을 반드시 살려라. 그리고 누구도 만나지
못하게 가두어두어라."

"알았어요."

"일강이는 나를 운중각의 연공실로 옮기고 문을 걸어 잠근
다음 운공요상을 끝낼 때까지 직접 호법을 서라. 서둘러야 할
것이니라."

"알겠습니다."

＊　　　＊　　　＊

화마는 숲을 통째로 집어삼켰다. 천지를 모두 태워 버릴 듯

한 열기로 말미암아 개미 새끼 한 마리 지나갈 수 없는 숲에도 길은 있었다.

그건 숲과 숲 사이를 흐르는 시내였다.

장자이는 노도처럼 넘실대는 불길을 좌우에 두고 미친 듯이 말을 달렸다. 뒤쪽으로 대여섯 장 떨어진 곳에서는 검노가 말을 달렸고, 다시 그에게서 조금 더 멀리 떨어진 곳엔 뚱보 매상옥이 헐떡대며 따르고 있었다.

남들보다 갑절은 무거운 몸을 이끌고 말 탄 사람들을 따라잡는 일이 쉬울 리가 있나. 매상옥은 숨이 턱 밑까지 차오른 와중에도 욕이 절로 튀어나왔다.

"야 이, 인정머리없는 인간들아! 오공녀도 모자라 나까지 버릴 참이냐, 저 혼자 살겠다고 내빼는 놈들치고 장수하는 놈을 못 봤다."

믿었던 사람들에 대한 배신감 때문일까? 아니면, 뒤에서 강전을 쏘아대며 추격해 오는 동악뇌성과 뇌궁대에 대한 두려움 때문일까? 그도 아니면 어차피 다 죽을 거라는 생각 때문일까? 매상옥의 말에는 거침이 없었다.

보통의 경우 지금처럼 대적에게 쫓기는 상황에서 유리한 쪽은 말을 탄 검노나 장자이가 아니라 매상옥 자신이었다. 곧장 숲으로 빠져 은잠술을 펼치면 동악뇌성이 아니라 동악뇌성의 할아비라도 속일 자신이 있었다.

하지만 지금은 숲이 온통 화마에 휩싸인 터라 숨을 곳도, 빠질 샛길도 없었다. 그저 시내를 따라 주구장창 달리면서 저혼자 살겠다고 도망가는 인간들을 향해 욕으로 분풀이나 할밖에.

"가다가 급살을 맞아라!"

"저런 육시랄 놈이!"

검노가 달리는 와중에 고개를 홱 꺾으며 눈알을 부라렸다. 매상옥은 한순간 가슴이 철렁했지만 도망가지 않았다. 도망갈 수가 없었다. 사방이 온통 불구덩이인데 어디로 도망간단 말인가.

그래도 찝찝함은 어쩔 수 없는지라 고개를 슬그머니 돌리는 것으로 소극적인 사과의 표시를 했다.

검노도 더는 따지지 않고 달렸다.

사실 그러고 있을 여유가 없었다.

불길이 미치지 않는다 뿐 열기는 금방이라도 세 사람을 익혀 버릴 것처럼 달려들었다. 머리카락은 뽀글뽀글 말렸고, 바깥으로 노출된 얼굴이며 팔은 껍질이 벗겨질 것처럼 따가웠다. 거기에 더해 공기는 적고 연기는 점점 많아지면서 숨 쉬는 것조차 어려웠다.

사람을 두 명씩이나 태우고 달리는 말의 상태는 더 심각했다. 좀처럼 땀을 흘리지 않는 짐승인 말이 땀을 비 오듯 흘렸으며 혀는 한 자나 빠져나왔다. 금방이라도 쓰러질 듯 위태로운 가운데 후방으로부터 정말로 급살이 날아왔다.

쒜애액… 텅!

강전 하나가 귓불을 스치고 날더니 선두에서 달리던 장자이의 좌측 아름드리나무를 사정없이 흔들었다. 화염에 휩싸인 나뭇잎이 우수수 떨어지며 세 사람을 덮쳤다.

'앗 뜨거'를 연발하며 세 사람은 가까스로 불구덩이를 뚫고 지나갈 수 있었다. 강전은 계속해서 날아왔고, 점점 강맹해졌다.

동악뇌성과 뇌궁대가 바짝 따라붙은 것이다.

그나마 다행인 것은 연기에 가려진 탓에 적들이 세 사람을 보지 못하는 상황에서 눈먼 활을 쏜다는 것이었다.

덕분에 몇몇 화살이 아슬아슬하게 곁을 스치고 가기는 했지만 대부분 화마에 휩싸인 주변의 나무나 시냇가의 바위를 쪼개는 선에서 그쳤다.

하지만 언제까지 이렇게 피할 수는 없는 노릇이었다. 결국엔 눈먼 화살에 맞아 한 명씩 떨어지리라. 그때쯤 시내의 폭이 점점 커지는가 싶더니 좌우에서 엄습하던 불길이 잦아들었다. 도저히 끝날 것 같지 않던 불구덩이가 끝난 것이다.

그 순간 세 명 걸개가 작대기를 들고 앞을 막아섰다. 숲에 불을 지를 때 도움을 주었던 바로 그 걸개들이었다.

장자이가 고삐를 힘껏 잡아당겨 다급하게 말을 세웠다. 뒤를 따르던 검노도 덩달아 멈출 수밖에 없었다.

"무슨 일이에요!"

장자이가 버럭 소리를 질렀다.

"말에서 내리게."

오 척 단구의 늙은 거지가 말했다.

"이 거지들은 또 뭐야?"

검노가 앞으로 나서며 눈알을 부라렸다.

장자이는 손을 들어 검노를 제지한 후 다급한 목소리로 말했다.

"당신들과 입씨름하고 있을 시간이 없어요. 무슨 일인지 모르지만 나중에……."

"나를 믿게."

"……!"

장자이는 침잠한 눈으로 노걸개를 바라보다가 이내 결심한 듯 말에서 훌쩍 뛰어내렸다. 이어 정신을 잃은 살극달을 둘러업고는 검노에게 말했다.

"시키는 대로 하세요."

"내가 왜?"

"설명은 나중에 할 테니 우선은 시키는 대로 하세요."

검노가 끙 소리를 내며 말에서 내렸다.

장자이는 뒤늦게 도착해 숨을 헐떡거리는 매상옥을 돌아보며 말했다.

"수라마군을 업어."

"헉헉, 지금 내 꼴이 안 보이냐?"

"죽기 싫으면 업어."

매상옥은 어금니를 빠드득 갈면서도 결국엔 시키는 대로 했다. 그 순간, 뒤쪽에 기다리고 있던 두 명의 젊은 걸개가 두 필의 말에 훌쩍 올라탔다.

"조심하거라."

노걸개가 젊은 걸개들을 향해 걱정 가득한 신색으로 당부했다.

"염려 마십시오."

말과 함께 두 명의 젊은 걸개가 말을 타고는 애초 장자이 일행이 달려가던 방향으로 쏜살같이 사라졌다. 노걸개가 사람들을 보며 말했다.

"따라들 오시게."


노걸개의 도움으로 동악뇌성과 뇌궁대를 따돌리는 데 성공한 장자이 일행은 계속해서 산길을 걸었다. 기절한 살극달과 수라마군을 업고 산 두 개를 넘은 끝에 멈춘 곳은 폭포 근처에 자리 잡은 작은 동굴이었다.

자연적으로 생겨난 것이 분명한 동굴 속에는 정체를 알 수 없는 짐승의 뼈가 가득 쌓여 있었다. 근처에는 범털이 군데군데 빠져 있어 이곳이 호굴임을 알게 했다.

　그곳에 수라마군과 살극달을 눕혀놓고 노걸개가 살폈다. 눈을 까뒤집고, 맥을 짚고, 단전에 장심을 붙이길 여러 번, 노걸개는 갑자기 품속에서 작은 비수 하나를 꺼내 들었다.

　채앵!

　장자이가 소월도를 뽑아 노걸개의 턱밑에 붙였다.

　"무슨 짓이에요?"

　노걸개는 대답 대신 다른 손으로 살극달의 손을 뒤집어 보았다. 자해를 한 것이 분명한 칼자국이 나 있었다.

　"근육이 마비되는 것을 늦추기 위해 스스로 사혈(瀉血)을 한 흔적일세. 임시방편이긴 하지만 현재로선 가장 확실한 방법이지. 근육은 한 번 굳어지면 풀 수가 없어."

　"당신은 누구죠? 왜 아까부터 우릴 돕는 거죠?"

　"서둘러야 하네."

　"……!"

　장자이는 한동안 노걸개를 노려보다가 천천히 칼을 거두었다. 살극달이 행한 방법이라면 틀림없을 것이다. 만에 하나 허튼수작이라도 벌이면 그땐 같이 죽는 거다.

　노걸개는 비수를 살극달의 허벅지로 가져가더니 서슴없이

그었다. 붉은 핏물이 순식간에 옷을 타고 번졌다. 그는 적지 않은 피를 뽑은 후에야 금창약을 바르고 상처를 싸맸다. 그리고 수라마군에게도 비수를 가져갔다. 수라마군의 상태는 한눈에 보기에도 살극달보다 훨씬 심각했다.

"피를 뽑으면 죽을지도 모릅니다."

매상옥이 말했다.

비록 기절했을지언정 여전히 젊고 강건한 육체를 지닌 살극달과 달리 수라마군은 백 세는 족히 되어 보이는 늙은이로 변해 버렸다.

신령스럽기까지 하던 은발의 머리카락은 죄다 빠져 듬성듬성 남아 있고, 쭈글쭈글한 얼굴엔 검버섯이 가득했다. 게다가 핏기라곤 찾아볼 수가 없었다. 이런 상태에서 피를 뽑는다면 수라마군은 죽고 말 것이다.

"피를 뽑으면 죽을지도 모르지만, 뽑지 않으면 확실하게 죽네."

매상옥은 더는 대꾸할 말이 없었다.

노걸개는 수라마군에게도 똑같은 과정을 거쳐 치료를 해주고 상처를 싸맸다. 노걸개는 이어 품속에서 정체를 알 수 없는 옥병 하나를 꺼내더니 살극달과 수라마군의 입을 벌리고 절반씩 흘려 넣어주었다.

우유처럼 뿌연 액체가 공기 중에 노출되는 순간 고약한 냄새가 코를 찔렀다. 검노가 코를 틀어막으며 읊조렸다.

"누가 거지들이 만든 물건 아니랄까 봐."

하지만 고약한 냄새와 달리 몸은 날아갈 것처럼 가벼워지는 걸 느꼈다. 단지 냄새를 맡는 것만으로도 이만한 변화가 있다면 직접 먹은 사람은 어떨 것인가. 아무리 봐도 보통 물건이 아니었다.

검노와 매상옥은 도통 그 물건의 정체를 알 수 없었다. 하지만 알아본 사람도 있었다. 장자이가 갑자기 벌떡 일어나더니 노걸개를 향해 허리까지 숙이며 포권지례를 올렸다.

"알고 보니 용두방주(龍頭幇主)님이셨군요. 매듭을 감추고 계신데다 면구까지 쓰시어 하마터면 몰라뵈올 뻔했습니다."

매상옥은 눈알이 뒤집어졌다.

입가에 술지게미가 덕지덕지 붙은 비렁뱅이가 십만 개방도를 이끄는 용두방주일 줄이야.

취한 것 같기도 하고 미친 것 같기도 하다는 뜻에서 여취여광(如醉如狂)이라는 괴이한 별호를 가진 개방 방주는 자타가 공인하는 술 귀신이자 경공의 달인이었다.

하지만 매사에 공명정대한 일 처리와 거지답게 않게 뛰어난 문장으로 말미암아 사람들은 그의 앞에서만큼은 취걸옹(醉乞翁)이라고 불렀다. 당나라의 시선(詩仙)이자 술 귀신인 이백의 별호 취선옹(醉仙翁)에서 따온 것이다.

"나를 어찌 알아보았느뇨?"

취걸옹이 물었다.

"당년에 개방에서 공척석유(空淸石乳) 한 병을 얻었다고 들었는데, 그 귀한 성약(聖藥)을 내어줄 수 있는 분이라면 용두방주님 외에 또 누가 있겠습니까? 은혜는 잊지 않겠습니다."

공청석유는 지기가 하나로 뭉쳐진 바위 속에서 젖처럼 흐르는 액상의 물질이다. 일설에 따르면 백 년에 한 방울씩 떨어진다고도 하고 천 년에 한 방울씩 떨어진다고도 한다. 몇백 년씩이나 사는 사람이 없기에 그걸 확인해 볼 수는 없지만 지기의 정화인 것은 분명했다.

"개방이 공청석유를 얻었다는 건 또 어찌 알았누?"

"그건……."

"클클클. 독행대도에게 손재간 좋은 딸이 하나 있다는 얘긴 들었지. 하마터면 어렵게 얻은 성약을 통째로 도둑맞을 뻔했구면."

웃는 낯으로 보아 농임이 분명하다.

하지만 장자이는 왠지 뜨끔함에 얼굴이 붉어졌다. 확실히 기회가 있었다면 그걸 훔치려 했을 테니까.

그 순간, 여태 말이 없던 검노가 발작적으로 일어나더니 취걸옹을 향해 삿대질을 했다. 손목에 매달린 쇠사슬이 철그렁

철그렁 소리가 났다.

"이 찢어 죽일 놈! 어쩐지 목소리가 낯이 익다 했더니 네놈이 여태 살아 있었구나!"

"귀하야말로 정말 끈질기게 살아 있구려. 얼추 백 년 가까이 살았지요? 사람이란 모름지기 갈 때를 알아야 하는 법인데. 쯧쯧쯧."

"이런 육시랄 놈을 봤나!"

검노는 팔딱팔딱 뛰었다.

분통이 터져 미칠 것 같다는 얼굴이었지만 어쩐 일인지 손속을 쓰지 않았다. 수틀리면 일단 권장부터 내지르고 보는 검노의 평소 성정과는 어쩐지 다른 모습이었다.

장자이와 매상옥은 당황할 수밖에 없었다.

용두방주라는 말을 듣는 순간 검노의 표정이 어두워졌다는 건 눈치챘지만 그건 노걸개가 뜻하지 않게 대단한 신분이어서 그런 줄 알았다. 한데 두 사람 사이에 말 못할 사정이 있는 모양이었다.

"본 방주도 칠순을 넘긴 지 오래이오이다. 말을 가려 하시오. 채신머리없는 위인인 줄을 알고 있었지만 오늘 보니 하나도 달라진 것이 없구려."

"거지같은 놈, 그때나 지금인 주둥이 하나는 야물딱지구나. 본좌의 일수를 받고도 그처럼 나불거릴 수 있는지 보자!"

말과 함께 검노가 두 팔을 바깥으로 뿌리더니 한껏 추어올렸다. 손목에 감겨 있던 쇠사슬이 촤르륵 소리를 내며 풀어졌다. 검노가 쇠사슬을 힘차게 휘두르려는 순간 취걸옹이 한 손을 척 뻗었다. 그 손에 기름종이로 싼 무언가가 들려 있었다.

"이게 뭐냐?"

"해왕단(海王丹)이오. 해구(海狗)의 하초를 말려 가루로 빻고 거기에 각종 약재를 섞어 꿀에 갠 것이외다. 본시 본 방의 장로들이 기가 허할 때 정력제로 먹는 것인데 내상을 치료하는 데 도움이 될 것이오."

검노는 잽싸게 해왕단을 낚아채 품속에 갈무리하고는 또다시 갈기를 세웠다.

"냉큼 일어나 본좌의 일격을 받아라!"

장자이가 황급히 앞을 막아서며 외쳤다.

"대체 왜 이러세요?"

"비켜라, 본좌가 저놈 때문에 개고생 한 걸 생각하면 지금도 자다가 이가 갈린다."

"여태 개방의 도움으로 도망쳐 온데다 영약까지 받아 챙겼으면서 왜 이러세요?"

"저놈이 용두방주인 줄 알았으면 따라오지도 않았어."

"영약은 받았잖아요."

"그 옛날 저놈이 본좌에게 한 짓을 생각하면 그 정도는 받아도 돼.”

도대체가 앞뒤가 안 맞는 소리만 하고 있다.

“무슨 사연이 있는지 모르지만 지금은 우리끼리 싸울 때가
아니에요. 용두방주님의 호의가 없다면 살극달 공자가 죽을
지도 모른다고요.”

검노는 한순간 찔끔했지만 다시 얼굴을 굳히고 말했다.

“그건 본좌가 알 바 아니다.”

하지만 좀 전과 달리 씩씩거리기만 할 뿐 행동으로 옮기진
않았다. 이게 검노가 타협하는 방식이었다. 이럴 때는 누군가
슬그머니 검노를 끌어 앉혀주면 된다.

사실 검노가 이렇게 화를 내게 된 건 십여 년 전 있었던 사
건 때문이었다. 그때 일만의 마병을 이끌고 대륙을 가로지르
던 검노는 잘못된 정보 때문에 진탕 애를 먹었다.

어디 어디에 적 병력이 대거 포진해 있다고 해서 달려가 보
면 소떼가 풀을 뜯고 있고, 적 병력이 당도하려면 아직도 멀
었다는 정보만 믿고 협곡을 지나다 보면 엄청난 숫자의 적이
매복을 하고 있었던 것이다.

그때마다 압도적인 숫자를 무기로 돌파를 하긴 했지만 고
생이 이만저만 아니었다. 알고 보니 잘못된 정보의 뒤에 취걸
옹이 있었다. 취걸옹이 개방도를 총동원해 온갖 잡다한 소문
을 퍼뜨려 작전에 혼선을 주었던 것이다.

"세상사 참으로 무상하지 않소? 한때 적으로 만났던 우리가 이제는 동지로 만나게 되었으니 말이오."

"동지는 누가 동지야? 그리고 한 번 적이면 영원한 적이지. 적도 되었다가 동지도 되었다가 하는 망할 놈의 사이가 어딨어? 저자의 황구새끼들도 그런 짓은 안 한다."

"그렇소?"

"그렇지."

"그런데 왜 귀하는 살극달과 함께 다니는 거외까? 일만의 마병을 몰살한 살극달이야말로 귀하에게는 철천지원수일 텐데."

"그건……."

검노가 바락 소리를 지르려다 말문이 막혔다.

얼굴이 붉으락푸르락해진 검노가 씹어뱉듯 말했다.

"설명하려면 복잡해."

"아무튼, 귀하와 나와의 은원은 추후에 따지기로 하고, 우선은 당면한 문제부터 해결하는 것이 어떻겠소?"

살극달을 치료하는 일을 말하는 것이다.

검노는 살극달을 힐끗 돌아보고는 말했다.

"본좌가 그냥 넘어갈 줄 알면 오산이다."

"기대하고 있겠소."

말과 함께 취걸옹이 고개를 돌려 치료를 이어갔다. 이어지는 치료는 주로 추궁과혈(推宮過穴)이었다.

오장육부와 인체의 각 기관을 연결하는 독맥(督脈) · 임맥(任脈) · 충맥(衝脈) · 대맥(帶脈) · 음유맥(陰維脈) · 양유맥(陽維脈) · 음교맥(陰蹻脈) · 양교맥(陽蹻脈)의 팔맥을 속도와 강약을 달리해 한참이나 두들기던 노걸개가 이마에 흐르는 땀을 훔치는 것으로 마침내 치료가 끝이 났다.

세 사람의 뜨거운 시선을 받는 가운데 취걸옹 장탄성이 흘러나왔다.

"아무래도 늦은 듯하이."

"살릴 수 없단 말인가요?"

장자이가 놀라 물었다.

"살릴 수 없는 것은 물론이거니와 지금쯤 상상도 못할 고통을 겪고 있을 것일세. 임시방편으로 독성을 가두어두긴 했는데……."

"기절한 사람이 뭘 안답니까?"

매상옥이 눈을 동그랗게 뜨고 물었다.

"정신을 잃었다고 해서 감각이 없는 건 아니라네. 무의식 속에서는 희로애락의 고통이 오히려 배가되는 법이지. 육체적 고통 또한 마찬가질세. 아마도 지금쯤 지독한 악몽을 꾸고 있을 걸세."

"대체 그가 왜 저러는 거죠?"

장자이가 물었다.

"요랑화의 독에 중독되었네."

"요랑화? 그게 뭐죠?"

"덥고 습한 남만 땅이 키워낸 최강의 독초지. 시체가 수백 년 동안 썩고 부패한 자리에서만 드물게 나는데, 일단 꽃을 피우면 단 한 송이로도 근동 십 리 안에서 움직이는 모든 것들이 죽어버리지. 해서 묘족들은 산신의 저주라고도 하지. 재수없게 촌락 근처에서 요랑화가 피기라도 한다면 부족이 몰살당해 버리거든."

"증상은요?"

"처음엔 피를 오염시키고, 다음엔 심장에서 먼 부위의 근육부터 천천히 마비시키다가 종래에는 오장육부까지 쪼그라들어 버리지."

"대체 그걸 어떻게 중독시킨 거죠? 살극달은 그렇게 쉽게 당할 사람이 아니에요."

"아마도 향기로운 꽃냄새를 맡았을 것이네. 그 달콤한 향이 그처럼 무시무시한 독성을 지녔다고 누가 상상이나 했겠는가?"

"냄새만으로 사람을 죽일 수가 있다고요?"

"공기는 엄연히 존재하지만 눈에는 보이지 않는 것처럼 냄새를 맡을 때도 그 냄새를 유발하는 물질이 허공 중에 있다네. 취독(臭毒)의 경우 냄새가 미치는 범위가 곧 살상범위인 셈이지."

"그러고 보니 저희가 장내에 뛰어들었을 때 무너진 전각 사이로 쑥대밭이 된 기화요초들이 있었습니다."

매상옥이 말했다.

그는 말을 하고 나서 무언가 뜨뜻미지근한 느낌에 잠깐 침묵을 하다가 마른침을 꿀떡 삼키고 물었다.

"하면 우리도……?"

매상옥의 말에 해왕단을 까먹던 검노의 얼굴이 꺼멓게 변했다. 그가 손을 멈추고 취걸옹의 입을 뚫어지게 바라보았다. 내상을 치료하는 것이 문제가 아니라 요랑화의 독을 해독하는 것이 시급하지 않은가.

"그랬다면 지금처럼 멀쩡한 얼굴로 앉아 있을 리가 없겠지?"

"왜 우린 중독되지 않은 겁니까?"

"냄새를 맡지 못했나?"

"전혀요."

"혹시, 근처에 불이 있지 않았나?"

"불 정도가 아니었습니다. 때마침 근처에 있던 전각에 불이 옮겨 붙으면서 열탕이 따로 없었죠."

"운이 좋았군. 화기는 요랑화의 천적일세. 화기가 독성물질을 모두 태워 버린 덕에 무사할 수 있었네."

검노와 매상옥이 동시에 안도의 한숨을 내쉬었다. 장자이
가 다시 취걸옹에게 물었다.

"하면 그를 살릴 방도는 없는 건가요?"

"내가 아는 한 없네. 하지만 일개 걸개에 불과한 내가 지닌
독에 대한 지식은 한계가 있을 터, 어쩌면 방도를 아는 사람
들이 있을 수도 있지."

"그게 누구죠?"

"이쯤에서 한마디를 보탤작시면 사실 노부는 살극달을 빼
돌려 달라는 그들의 부탁으로 온 것이라네. 애초 살극달이 독
에 중독당할 건 전혀 예상치 못했는데, 내게 부탁을 한 그들
은 독에 관한 한 천하제일이란 말이지. 정말 기가 막힌 인연
이지 않은가?"

"그러니까 그들이 누군데요?"

"그건 차차 이야기하기로 하고. 문제는 그들이 너무 먼 곳
에 있다는 것일세. 빠른 말로도 족히 열흘은 걸릴 터인데, 두
사람은 오늘 밤을 넘기지 못할 걸세."

"그렇게나… 빨리요?"

"실은 이미 죽었어야 할 몸이었어."

장자이는 몸 안에 있는 생기란 생기는 죄다 빠져나가는 것
같았다. 살아나기 어려울 거라는 말을 했을 때 이미 각오는

했지만 오늘 밤을 넘기지 못할 줄은 상상도 못했다.

그때, 검노가 나지막이 말했다.

"요랑화인지 뭔지 하는 독이 피를 타고 퍼진다면 그 피를 멈추게 하면 되지 않을까?"

"답답하시기는. 피가 돌지 않으면 그게 송장이지 어디 산 사람입니까?"

매상옥이 툭 쏘아붙였다.

"바로 그거야. 저놈들을 송장으로 만들어 옮기는 거지."

"당최 무슨 말을 하는 건지 원."

"좀 더 자세히 말씀해 주세요."

장자이가 매상옥을 젖히고 나서며 물었다.

검노의 말에서 무언가 심상치 않은 기색을 읽은 탓이다.

"사람을 송장으로 만드는 것에는 두 가지 방법이 있다. 첫 번째는 저 스스로 송장이 되는 것, 이건 부작용이 없고 깔끔하기는 하지만 지금 살극달과 수라마군은 의식을 잃었으니 해당 사항이 없겠고, 두 번째는 타인이 강제적으로 송장을 만드는 것인데, 이건 송장이 저 스스로 움직이기에 이동을 하기에는 좋은데 자칫하면 영영 깨어나지 못하는 위험을 수반한다."

"그게 뭐죠?"

"전자의 경우는 귀식대법(龜息大法)이 그것이고, 후자의 경우는 강시대법(僵屍大法)이 그것이지."

"두 사람을… 강시로 만들자고요?"

장자이의 두 눈이 튀어나올 듯 커졌다.

"강시의 본래 뜻이 얼어 죽은 송장이라는 건 알겠지? 실제로 얼어 죽은 송장도 있지만 그렇지 않은 송장도 많은데 왜 죄다 강시라고 할까? 그건 강시가 되면 인체의 모든 기관이 얼어버린 것처럼 정지하기 때문이다. 독기가 퍼지는 것 또한 멈출 수 있지."

"……!"

"……!"

"……!"

第六章
패주의 부활

몇 가지 소문이 강호에 빠르게 퍼졌다.

첫 번째는 흑우병단을 이끌고 나타나 평화롭던 용봉지연을 쑥대밭으로 만든 이가 그 옛날 백백교의 교주인 수라마군이라는 소문이었다. 사람들은 수라마군이 중원무림을 장차 피로 물들일 거라며 두려워했다.

두 번째는 수라마군을 도운 살극달이라는 인물이 십여 년전 일만의 마병으로부터 무림을 구한 '전쟁의 신 노룡'이었다는 것이었다. 그가 자하부의 혈사와 연관이 있다는 사실까지 알려지자 강호인들은 그의 정체를 두고 혼란스러워했다.

세 번째는 자하부에서는 철구를, 석가장에서는 화포를 휘두르며 대량 학살을 자행한 정체불명의 괴노인이 바로 살극달이 불러낸 혼세신교주 혼세마왕이었다는 것이다.

두 명의 전설적인 대마두와 전쟁의 신 노룡의 등장으로 강호는 벌집을 쑤셔놓은 것 같았다.


화마가 휩쓸고 간 숲은 거대한 잿더미로 변했다. 하지만 그 숲 한가운데 자리 잡은 석가장은 아직도 대단한 위용을 자랑했다.

장원을 둘러싼 높다란 담장이 방화벽의 역할을 한데다 전투가 끝나갈 무렵 등장한 이천의 병력이 장원 내부로 옮겨 붙은 화재를 서둘러 진압했기 때문이었다.

문제는 백백교의 잔당들과 치른 전투로 말미암은 인명피해였다. 용봉지연에 참가하기 위해 중원 전역에서 몰려온 문파들 중 상당수가 적지 않은 문도를 잃었다.

그중에서도 전투 초반 흑우병단과 접전을 벌였던 석가장의 타격은 실로 막대했다. 칠백에 육박했던 가내의 무인들 중 칠 할이 죽거나 다쳤으며 무너지거나 파손된 전각을 비롯한 재산상의 손실 또한 막중했다.

그러나 뿌리가 건재하면 나무는 언제든지 무성해질 수 있는 법, 석가장은 가주인 석단룡을 중심으로 전투 후의 혼란을 빠르게 수습해 갔다.

특히, 수라마군과 살극달이 석단룡에게 중상을 입고 도주했다는 소식이 전해지면서 사람들은 석단룡을 무림을 구한 영웅으로 추켜세웠다.

석가장의 위상은 높아질 수밖에 없었고, 석가장의 그늘에 깃들기를 희망하는 고수들이 중원 곳곳에서 몰려왔다. 금전적인 지원 또한 끊이질 않았다. 많은 인명과 재산상의 손실이 있었지만, 결과적으로 석가장은 손해 보지 않은 장사를 한 셈이 되었다.

그 무렵, 수라마군과 혼세마왕이 살아 있음을 우려하며 그들로부터 중원무림을 막아낼 수 있는 힘의 필요성을 역설하는 말들이 강호인들 사이에서 흘러나오기 시작했다.

언제 누구로부터 시작되었는지 모를 이 말은 과거 무림맹처럼 하나 된 단체가 머지않아 탄생할 것이며 그 단체의 수장으로 강동석가의 가주 하일검제 석단룡이 유력하다는 말로까지 발전했다.

한편, 하룻밤 사이에 문주를 잃은 일곱 개의 문파는 초상집이 따로 없었다. 산동의 제검성, 산서의 녹류산장, 섬서의 제왕곡, 사천의 검각, 운남의 천룡문, 호남의 은하검문, 강서의 철기보에서는 문 내의 고수들을 대거 석가장으로 급파, 문주의 죽음을 조사하는 한편 복수를 다짐했다.

많은 사람이 간과했지만, 그렇게 몰려든 병력 또한 사실상 석가장이 동원할 수 있는 무력이었다. 그들은 자신도 인지하지 못하는 사이에 석가장에 힘을 실어주고 있었다.

대리석으로 만든 탁자의 길이는 대략 십여 장. 남북으로 길게 뻗은 탁자의 좌우에는 적지 않은 사람들이 앉아 있었다.

전날 있었던 전투에서 공을 세웠던 제문파의 문주를 잃은 구패의 후기지수들, 그리고 새롭게 파견된 장로급 고수들이었다.

탁자 위에 놓인 것이라곤 차가 담긴 주담차와 소박한 잔이 전부였다. 이만한 사람들을 모이게 했을 때는 산해진미는 아니어도 귀한 술 정도는 내놓을 법하건만 석가장은 인색했다.

하지만 그것에 대해 문제를 삼는 사람은 없었다.

석단룡은 사람들이 모두 모이고도 한참이 지난 후에야 나타났다. 수라마군, 살극달, 혼세마왕을 상대로 악전을 치르다 심각한 내상을 입었다는 석단룡은 폐관에 들어간 지 근 보름 만에 사람들 앞에 모습을 드러내는 터였다.

내상을 모두 회복했는지 석단룡의 얼굴은 편안해 보였다. 피부는 생기로 넘쳤고 눈동자에서는 예전보다 훨씬 강한 정광이 흘렀다.

석단룡의 등장에 사람들이 일제히 기립했다.

영웅의 귀환이었다.

후일 밝혀진 바, 구패의 패주들은 수라마군이 중원무림을 공격할 거라는 걸 알고 있었다. 그걸 알고도 석단룡은 흔쾌히 용봉지연을 개최했으며 석가장이 수라마군을 잡는 덫으로 쓰이는 걸 망설이지 않았다.

그 결과 석가장은 큰 손해를 입었다.

가히 살신성인의 전범이라 하지 않을 수 없었다.

석단룡은 모두를 아우르는 상석에 자리를 잡았다. 그가 앉자 기립했던 사람들이 하나둘씩 착석을 했다. 잠시 침묵이 흐른 후, 석단룡은 장내를 굽어보며 입을 열었다.

"귀한 손님들을 모셨으니 응당 산해진미로 대접을 해야 할 것이나, 그렇지 못함을 양해해 주시오."

"거 무슨 당치 않은 말씀이십니까? 제마멸사(制魔滅邪)를 위해 목숨을 초개같이 버린 동도들의 피가 식지도 않은 상황에서 주연을 열지 않겠다는 가주의 뜻을 모르는 사람이 없을 터, 그런 말씀은 거두어두십시오."

비분강개해 외치는 자는 금적문의 문주 이홍립이었다. 그는 중원 전역에 대소 이십여 개의 광산과 농장을 거느린 거부로 강동석가의 강력한 재정적 후원자였다. 또한 그의 아들인 이적풍은 석단룡의 딸인 석부용을 짝사랑하고 있었다.

이홍립이 이처럼 단정적인 어조로 분위기를 정리해 버리

자 다른 사람들은 일절 다른 말을 할 수 없게 되어버렸다. 사실 그리 중요한 문제도 아니었다.

석단룡의 말이 이어졌다.

"늦었지만 이번 혈사로 문주를 잃은 여러 제문파에 깊은 애도의 뜻을 표하는 바이오. 그들은 내게도 무림의 안녕을 걱정하며 밤을 지새우던 동료이자 벗이었소. 이제 나만 이렇게 살아남아 여러분을 대하자니 마음이 심히 무겁지 않을 수 없소이다."

"석가주께서 중상을 입고 보름이나 요상을 했다는 사실을 모르는 사람은 지금 이 자리에 없을 겁니다. 또한 세 명의 마두가 가주의 불고검에 중상을 입고 물러난 바, 만약 가주께서 계시지 않았다면 석가장은 멸문지화를 당했을 것이며 여기에 있는 사람들은 문주의 주검조차도 수습하지 못했을 겁니다."

이번에 말을 한 사람은 교룡방의 방주 하백 철목단이었다. 양주를 봉쇄하는 일에 교룡방이 큰 역할을 했듯 금적문과 교룡방이 석가장의 오랜 우방이라는 것을 모르는 사람은 없었다.

두 사람의 말이 틀린 것은 아니었지만, 단순히 예를 차리려는 것이라고 보기엔 지나칠 정도로 추켜세우는 면이 있는지라 몇몇 사람들은 다소 떨떠름한 표정을 지었다.

석단룡의 영웅적인 활약상과는 별개로 이곳에 모인 사람

들 중 상당수는 문주를 잃었다.

구패의 패주들이 공공의 적을 맞아서는 무섭도록 똘똘 뭉쳤다고는 하나 그 외의 부분에서는 치열한 경쟁 관계에 있었다는 사실 또한 부정할 수 없었다. 그런 상황에서 모두가 죽고 석단룡과 이종학만 살아남았다. 그리고 석단룡은 일약 무림을 구한 영웅으로 평가되고 있었다. 이런 작금의 상황이 불편한 사람들이 장내에는 적지 않았다.

"그래서 이제 어쩔 셈이십니까?"

녹류산장의 장로 구적평이 물었다.

덥수룩한 수염이 턱을 뒤덮은 그는 죽은 녹류산장의 장주 구적산의 아우이자 구담의 숙부였다. 천만다행으로 산서의 녹류산장에는 구담의 동생이 한 명 더 남아 있어 대를 잇는 데는 지장이 없었다.

하지만 형과 조카를 동시에 잃는 그의 슬픔은 이루 말할 수가 없었다. 급보를 듣자마자 분기탱천한 그는 문 내의 고수들을 대거 이끌고 석가장으로 달려왔다.

한데 형과 조카의 주검을 수습하기 무섭게 모인 대책을 논하는 자리에서 흘러나오는 말들이 죄다 석단룡을 떠받드는 말들뿐이니 심사가 뒤틀리지 않을 수 없었다.

"구 장로께서는 무언가 하실 말씀이 있는 듯하오만."

금적문주 이홍립이 곱지 않은 시선으로 물었다.

녹류산장을 대표해 참석한 구적평의 어투에 무언가 불만이 깃들어 있다는 걸 감지한 탓이었다.

"본인은 단지 앞으로의 계획을 물었을 뿐이오."

구적평이 건조한 음성으로 말했다.

"어투에 불만이 가득하니 하는 말 아니오."

"석가주께서 한마디를 하실 때마다 한 입씩 보태야 직성이 풀리는 분들이 계시니 내 차례는 언제 올까 저어되어 그런 모양이구려."

쾅!

"뚫린 입이라고 함부로 지껄이는 게요!"

이홍립이 탁자를 내려치며 벌떡 일어섰다.

뇌천자 구적산이 죽었다고는 하나 녹류산장은 여전히 무림을 대표하는 대파다. 강호 백대문파의 말석에 겨우 이름을 올린 금적문으로서는 힘에 부치는 것이 사실이었다.

금적문의 이홍립이 그 사실을 모르지 않을 터인데도 불구하고 이처럼 도발적으로 나오는 것은 무언가 믿는 구석이 있기 때문일 것이다.

"감히 금적문 따위가……."

구적평이 눈을 치켜떴다.

이홍립이 무언가 더 말을 하려는데 철목단이 나섰다.

"후기지수들이 보고 있습니다. 그만들 하시지요."

구적평은 피가 부글부글 끓었지만 꾹 참았다.

더불어 구패의 패주들이 살아 있음으로써 팽팽하게 유지되던 강호의 질서가 새롭게 재편되고 있다는 기류를 느낄 수 있었다.

한 문파에서 고수의 존재란 이토록 중요한 것이다. 그 고수가 상대 문파를 압도하면 할수록 더. 그때 철목단이 자리에서 일어나더니 구적평을 향해 공손히 포권을 하며 말했다.

"식견이 짧아 문파의 존장을 잃은 분들의 슬픔을 살피지 못했습니다. 구 장로께서는 부디 헤아려 주십시오."

강의 신이라는 뜻에서 하백(河伯)이라는 별호를 지닌 철목단은 일개 수표국(水鏢局)에 지나지 않던 교룡방을 강호 백대 문파의 한 곳으로 일군 입지적인 인물이었다.

준수한 용모에 꼿꼿한 선비를 연상케 하는 기상, 거기에 더해 겸손의 미덕까지 갖춘 덕에 강호인들은 그를 진정한 호인으로 부르기를 주저하지 않는다. 그런 철목단이 자신을 낮추고 예를 갖추자 구적평도 마음이 조금 풀리는 것 같았다.

"의도하진 않았지만 몽니를 부린 것처럼 보였다면 유감이구려."

"몽니라뇨. 가당치 않습니다. 저와 교룡방은 운하를 봉쇄하는 역할을 맡았던 터라 운 좋게도 횡액을 면했지만 처지가 바뀌었다면 저라도 섭섭한 마음이 없지 않았을 겁니다."

"이해해 줘서 고맙소."

"다만 한 가지, 교룡방은 구 장주를 비롯해 유명을 달리하신 분들에 대해 빚진 마음이 있다는 것만은 알아주십시오. 향후 교룡방은 녹류산장이 도움을 청하면 열 일을 제쳐놓고 달려갈 것입니다. 그건 아마도 여기 있는 다른 분들도 마찬가지일 것입니다."

구구절절 진심이 느껴지는 말이었다.

가슴이 뜨거워진 구적평은 자리에서 일어나 포권지례를 했다.

"철 방주께서 그리 말씀해 주시니 고맙소이다. 녹류산장은 교룡방의 호의를 절대 잊지 않을 것이외다."

"민망합니다. 응당 해야 할 일인 걸요."

구적평과 철목단의 화해로 장내의 분위기가 한껏 달아올랐다. 앞서 이홍립의 깨방정으로 찝찝한 마음이 없지 않았던 여타 문파의 고수들도 다들 고개를 끄덕였다. 그런 분위기를 등에 업고 철목단이 좌중을 돌아보며 말했다.

"기왕 일어난 김에 한 말씀 더 올리겠습니다. 모두 아시다시피 수라마군과 살극달, 그리고 혼세마왕이 아직도 살아 있습니다. 현재까지 밝혀진 바에 따르면 살극달을 따르는 장자이라는 여자는 빙하신투라는 도둑으로 독행대도(獨行大盜) 장곡산의 딸이며, 쌍겸을 쓰는 뚱보는 백귀총의 살수라고 합니다. 거기에 더해 자하부의 오공녀인 소리비검 조빙빙 역시 그들과 한패였음을 고려하면 무려 세 개의 문파가 언제 그들과 힘을 합칠지 모르는 일입니다."

사람들은 깜짝 놀랐다.

독행대도 장곡산은 도방(盜幇)의 방주로 세상 모든 도둑의 왕이다. 도방은 본방의 소재는 물론 방주의 내력과 방도의 수까지, 모든 것이 장막에 가려진 신비문파였다.

얼핏 보면 도둑들의 집단에 불과한 것 같아도 그들이 지닌 힘은 실로 막강했다.

어느 문파의 은수저가 몇 개인지까지도 속속들이 알고 있는 그들의 정보력은 개방이나 하오문에 버금갔으며, 원하는 것은 무엇이든 훔쳐 내고야 마는 투력은 수많은 무림문파들의 간담을 서늘케 했다. 가전비기가 외부로 유출되면 그야말로 약점을 고스란히 노출하는 일이기 때문이었다.

그런 도방도 백귀총에 비하면 차라리 나았다.

깊은 밤에 유령처럼 나타나 조용히 목을 따고 사라진다는 백귀총은 하나에서부터 열까지 장막에 가려진 밤의 문파였다.

도방의 역사가 육십여 년 정도라면 백귀총은 무려 삼백 년의 역사를 지녔다. 그 긴 시간 동안 백귀총은 단 한 번도 정체를 드러낸 적이 없었다. 어둠 속에서 움직이는 미지의 적만큼 두려운 것이 없는 법이다.

도방과 백귀총이 자하부와 손을 잡고 수라마군 일당을 돕기라도 하면 일이 간단치 않게 되는 것이다.

사람들의 흥분이 가라앉기를 기다렸다가 철목단이 말을 이었다.

"반드시 잊지 말아야 할 것이 한 가지 더 있지요. 바로 저들에게는 전쟁의 신 노룡이 있다는 겁니다. 모두 아시다시피 그는 야만의 전사 오백으로 일만마병을 몰살한 천재 지략가입니다. 게다가 용봉지연에서 밝혀진 바와 같이 무공 또한 수라마군에 필적하지요."

"하고 싶은 말이 무엇이오?"

구적평이 물었다.

철목단은 장내를 한차례 더 굽어본 후 천천히 말을 이었다.

"본인이 하고 싶은 말은 한 가지입니다. 지금 이 시점에서 힘을 하나로 뭉쳐 남은 적들을 일망타진하지 않는다면 머지않은 미래에 우리는 엄청난 사태를 맞이해야 할 겁니다. 석가주께서 오늘 이 자리를 마련한 것도 그것을 염두에 두신 게 아니겠습니까?"

장내가 태풍을 맞은 것처럼 술렁였다.

사람들은 누가 먼저랄 것도 없이 이런저런 의견들을 내놓았다. 목표가 분명하고 해야 할 일들이 명약관화한 상태에서 사람들이 내놓는 의견들이라곤 대개 결의를 다지는 선에서 크게 벗어나지 않았다.

결국 회의는 중원무림을 대표하는 단체를 만들자고 합의를 본 후, 더욱 세세한 내용은 차후에 다시 의논을 하자는 선에서 파장을 맞았다.

"루주께서는 잠시 남아주시오."

사람들이 우르르 장내를 빠져나갈 때 석단룡이 말했다. 문을 향해 걸음을 옮기던 동악뇌성 이종학이 걸음을 멈추었다. 잠시 후, 장내에는 석단룡과 이종학만 남게 되었다.

"이제 우리만 남았구려."

석단룡이 말했다.

장내에 남은 사람이 둘이라는 얘기가 아니었다. 구패의 패주들, 나아가 그 옛날 백백궁의 혈사 당시 마공 비급과 마도 십병을 훔친 열 명의 젊은 후기지수들 중 자신과 이종학 단둘만 살아남았다는 얘기였다.

이종학은 말이 없었다.

그는 오늘 회의가 반 시진 넘게 진행되는 동안에도 한마디를 하지 않았다. 본래도 말이 많은 성격은 아니었지만, 이처럼 오래 입을 다문 경우도 드물었다.

중원무림의 향방을 결정짓는 중요한 자리가 아닌가. 의견을 피력하자면 석단룡과 함께 살아남은 유일한 구패의 패주이자 신비루의 루주가 아닌가. 석단룡은 눈앞에 놓인 찻잔을 들어 한 모금 마신 후 물었다.

"루주께선 알고 계시지요?"

이종학의 얼굴이 굳어졌다.

석단룡은 그가 다른 패주들의 죽음에 관한 전말을 알고 있다고 확신했다.

"왜 아무 말씀도 하지 않으신 게요?"

"되돌릴 수 없기 때문이오."

"바로잡을 수는 있지 않겠소?"

"그러기엔 가주께서 너무 강해졌구려."

"후후, 일 갑자 동안 영욕을 함께한 우리요. 내 어찌 루주의 생각을 모르겠소. 원하는 것이 있다면 말씀해 보시구려."

"무엇을 줄 수 있소이까?"

석단룡은 실미소를 지으며 다시 찻잔에 손을 가져갔다. 그가 남은 찻물을 깨끗이 비운 후 말했다.

"일인지하 만인지상의 자리면 되겠소?"

"신비루는 강동석가와 운명을 함께하겠소."

이종학은 마치 기다렸다는 듯 석단룡을 향해 정중하게 포권을 했다. 석단룡은 신하의 예를 받는 왕처럼 흡족하게 웃었다.

이종학이 물러간 상태에서도 석단룡은 자리를 뜨지 않았

다. 잠시 후, 시비들이 들어와 탁자 위에 놓인 주담자와 찻잔을 모두 치웠다. 이어 탁자는 향기로운 술과 음식들로 채워졌다.

일각쯤 시간이 흐른 후 몇 사람이 들어왔다.

호법당주 조철건과 석일강, 석부용 남매였다.

"수고들 했다."

석단룡이 모두에게 술을 한 잔씩 권하며 말했다.

"앞으로의 일이 문제입니다. 구 장로를 보아서 아시겠지만 자파의 문주가 석가장에서 죽임을 당한 일을 석연치 않게 생각하는 이들이 적지 않습니다. 아직도 후원에선 패주들의 사인을 조사하는 이가 있을 정도입니다."

조철건이 말했다.

그를 비롯해 여기 모인 사람들은 모두 사건의 전말을 알고 있었다. 그럴 수밖에 없었다. 처음부터 모두가 함께 계획했던 일이었으니까.

그리고 마침내 그 계획이 성공했다.

석단룡은 이제 하늘 아래 적수가 없는 진정한 무적자가 되었다.

"그래 봐야 아무것도 찾지 못할 걸요. 온실에 남아 있던 요랑화는 모두 없애 버렸고, 패주들의 몸에 남아 있는 상처 역시 아버지의 것이 아니에요. 그들은 적들이 힘에 부치자 독수를 쓴 후 일격을 가했다고 여길 거예요."

석부용이 말했다.

"노련한 무인이라면 눈앞에 보이는 현상 너머의 것에도 관심을 두는 법, 작금의 상황이 여러모로 의심을 살 수도 있다는 말씀입니다."

"그래서 더 서둘러야죠. 물이 빠지면 노를 저을 수도 없어요."

"네 생각은 어떠하냐?"

석단룡이 석일강에게 물었다.

"소자의 생각도 부용이와 같습니다. 모든 일엔 무릇 때가 있는 법. 다소 무리를 하더라도 밀어붙여야 합니다."

"구 장로의 태도를 보았잖습니까? 자칫 의심을 살까 두렵습니다."

다시 조철건이 말했다.

"하하, 조 당주께서야말로 구 장로를 보고도 그러십니까? 그는 단순한 인물입니다. 우리가 어떻게 하느냐에 따라 강력한 지원군으로 만들 수도 있지요."

"방도가 있으십니까?"

"구담과 구적산이 죽은 후 녹류산장에 남은 적통이라곤 구제문이 유일합니다. 그의 나이 불과 열아홉, 산서의 패자인 녹류산장을 이끌기에는 턱없이 모자란 나이죠. 반면 구 장로는 오랜 세월 형의 그늘에 가려져 빛을 보지 못했습니다."

"그 말씀은……?"

"구 장로도 사람인 이상 한 번쯤은 욕심을 내보지 않았겠습니까? 이제 그 기회가 왔죠."

"말인즉슨, 구적평을 녹류산장의 주인으로 만들자?"

석부용이 말했다.

"아버님께서 그에게 힘을 실어주신다면 못할 것도 없지."

"구 장로는 그렇다고 쳐도 다른 문파는 어쩔 거예요? 이번 전투에 참가한 청룡십우는 문 내의 다른 사람들에게 문주의 자리를 양보하지 않을 거예요."

"녹류산장의 경우 구담이 죽었기에 구 장로가 그 자리를 대신한 것이고, 다른 문파의 경우엔 당연히 청룡십우가 결국엔 문주의 자리를 차지하겠지. 청룡십우라는 것이 본래 유력한 차기 문주들의 모임이었으니까."

"그래서요?"

"사실 문주의 권좌는 청룡십우가 오랫동안 가슴에 품었던 열망이다. 하지만 그 시기가 너무 급작스럽게 왔어. 애초의 수순대로라면 그들은 이번 전투에서 큰 공을 세우고, 그 후광을 발판삼아 차근차근 권좌에 접근하려 했지. 하지만 지금 상황에서 문주의 자리에 오르면 경쟁 관계에 있던 문 내의 여러 사형제로부터 적지 않은 저항을 받을 것이다. 그때 아버님께

서 그들에게 힘이 되어준다면 확실한 입지를 다지게 될 것이
다."

"결국 사부와 아비의 죽음에 관한 비사를 덮는 대가로 권
좌를 차지한다?"

"말조심해라. 그들은 단지 석연치 않음을 느낄 뿐 아무것
도 밝혀내지 못했다."

"어쨌든 오라버니 말씀은 권좌의 달콤한 유혹으로 그들의
눈을 멀게 하자는 것인데, 과연 그들이 쉽게 속아줄까요?"

"본시 부자간에도 칼을 겨누는 것이 권좌라는 놈의 속성이
다. 하물며 판단력을 흐리게 하는 것쯤이야 하기에 달린 것이
지."

"하하하!"

갑자기 석단룡의 입에서 광소가 터져 나왔다.

뒤늦게 자신의 실태를 깨달은 석일강이 황급히 자리에서
일어나 허리를 숙였다.

"소자가 잠시 실언을……."

석단룡이 돌연 웃음기를 거두고 말했다.

"아니다. 사내라면 그만한 냉혹함이 있어야지."

석단룡은 이어 조철건을 돌아보며 물었다.

"내 보기엔 일강이가 상황을 정확하게 보는 듯한데, 자네
생각엔 어떤가?"

"은밀히 조치를 취하도록 하겠습니다."

석단룡은 가볍게 고개를 끄덕이더니 석부용을 돌아보며 물었다.

"조빙빙 그 계집은 어떻게 되었느냐?"

"말씀하신 대로 조치를 취해놓았어요."

*     *     *

"비처에 갇혀 있다고 합니다."

검살십영의 수장 한동휘가 말했다.

검살십영은 제검성에서부터 이끌고 온 십 인의 고수로 제운학에게는 형제나 마찬가지였다. 보름 전 제운학은 아버지의 주검을 수습해 제검성으로 보낸 직후 검살십영에게 일러 조빙빙의 소재를 파악하라 했었다. 그 결과를 한동휘가 이제야 보고를 하는 것이다.

"상태는?"

"가슴에 깊은 검상을 입었는데, 다행히 생명에는 지장이 없다고 하는군요. 사흘 전에 의식을 찾아 지금은 운공요상 중이라고 합니다."

"검상은 어느 정도라고 하던가?"

"왼쪽 젖가슴을 가로질렀다고 합니다."

"충격이 컸겠군."

"사흘 동안 한마디도 하지 않았다고 합니다. 어쩌면 말을 잃어버린 것일 수도……."

"갇혀 있는 곳은?"

"석부용의 거처에 딸린 밀실입니다."

"석부용?"

"그녀가 조 소저 살리는 일을 진두지휘 했습니다. 내로라 하는 의원 다섯 명이 동원되었으며 영약 또한 적지 않게 들어갔다고 하는군요."

제운학은 고개를 들어 허공을 바라보았다.

자신이 조빙빙을 연모하고 있다는 걸 석단룡은 모르지 않았다. 그럼에도 불구하고 조빙빙을 빼돌린 데는 이유가 있을 것이다.

그게 무엇일까?

"하일검제가 빙빙을 살려낸 게 무엇 때문이라고 생각하나?"

제운학이 물었다.

한동휘는 잠시 사이를 두었다가 천천히 입을 열었다.

"살극달을 염두에 두고 인질로 삼기 위해서가 아니겠습니까?"

"하면, 왜 아무도 접근을 할 수 없게 만드는 거지?"

"그건 자하부를 염두에 둔 포석이 아닐까요? 조 소저가 살아 있다는 걸 알면 자하부에서 그녀를 찾으러 올 것이고, 그렇게 되면 여러 가지 성가신 일이 벌어지지 않겠습니까?"

"조빙빙이 죽었다고 해서 자하부의 입장이 달라질까. 그리고 하일검제는 옛날이나 지금이나 자하부를 두려워하지 않는다."

"하면 왜……?"

"하일검제를 제외하면 조빙빙은 패주들이 죽는 순간을 목격한 유일한 사람이다."

"그 말씀은… 성주를 시해한 사람이 살극달이 아닐 수도 있단 말씀이십니까?"

"조빙빙과 접촉하는 방법을 찾아라."

"존명!"

第七章
불사자(不死者)의 죽음

칠흑처럼 캄캄한 밤이었다.

마을로 내려온 우귀사신(牛鬼蛇神)들이 아이들을 닥치는
대로 잡아먹고 있었다. 인간의 몸뚱이에 황소의 머리를 가진
요괴의 출현에 아이들이 비명을 지르며 달아났다. 요괴가 도
망가던 아이의 머리통을 덥석 베어 물고는 거칠게 흔들어댔
다. 대롱대롱 매달린 아이의 몸이 축 늘어졌다.

"안 돼!"

살극달은 고함을 지르며 달려갔다.

정수리에 일격을 가해 놈을 쓰러뜨렸을 때는 아이의 상체

가 사라지고 난 후였다. 그때쯤엔 뱀의 형상을 한 요괴가 또 다른 아이를 잡아먹으려 하고 있었다.

살극달은 놈의 꼬리를 잡아 힘껏 당긴 후 공포에 질린 여자아이를 빼앗아 달아났다. 품에 안긴 여자아이는 찢어져라 비명을 질러댔다.

"괜찮아. 아저씨가 지켜줄게."

눈물로 얼룩진 볼을 쓰다듬으며 안심을 시키려 했지만 아이는 더욱 자지러졌다. 어디가 어딘지도 모르고 한참을 달렸을 때 횃불을 든 어른들이 나타났다.

"요괴가 아이를 납치했다!"

"요괴를 죽여라!"

어른들이 고함을 지르며 살극달에게 달려왔다. 머리 위로 치켜든 그들의 손에 낫이며 곡괭이 따위가 매달려 있었다.

틀림없었다.

사람들은 자신을 죽이려 하고 있었다.

"나는 요괴가 아니오!"

목구멍이 찢어지라고 외쳤지만 사람들은 믿지 않았다. 품에 안긴 아이의 비명은 더욱더 커졌다. 아이를 내려놓을 틈도 없이 돌아서 달아나려던 살극달은 물웅덩이에 비친 그림자를 보았다. 웅덩이 속에는 머리에 뿔이 달린 요괴 한 마리가 비명으로 자지러지는 여자아이를 안은 채 자신을 바라보고 있었다.

"아, 아니야. 난 요괴가 아니야!"

그 순간, 마을 사람 하나가 살극달의 등에 죽창을 찔러 넣었다. 살극달은 등골이 짜르르 울리는 고통을 느끼며 벌떡 일어났다.

"깨어났다."

낯익은 음성과 함께 시야를 가리는 사람은 장자이였다. 그녀의 머리통 뒤로 눈을 동그랗게 뜬 매상옥이 보였다. 매상옥을 발견하자마자 살극달이 물었다.

"오공녀는?"

"살 형 말이 맞았습니다. 오공녀는 살았습니다."

"살 형? 무슨 호칭이 그래?"

장자이가 고개를 꺾어 매상옥을 바라보며 물었다.

"뭐가 어때서?"

"살극달 공자는 성이 살 씨가 아니잖아."

"뭐 어때, 편한 대로 부르는 거지."

"그래도 그건 좀 느끼하잖아."

"여태 말이 없다가 오늘따라 왜 그래?"

"너 항상 그렇게 불렀었어?"

"아, 그건 나중에 이야기하고."

매상옥은 한차례 손을 휘저은 후 다시 살극달을 바라보며 말을 이어갔다.

　"무슨 이유에선지 모르나 석단룡이 오공녀를 살려냈습니다. 그리고 비처에 가둬두고 다른 사람들과 일절 접촉을 하지 못하게 하는 모양입니다."

　"네가 그걸 어떻게 그리 잘 알지?"

　"개방이 우리를 돕고 있습니다."

　"개방이?"

　"그건 차차 얘기하기로 하죠."

　"차차 얘기하기는 뭘 차차 얘기해. 쥐뿔도 아는 게 없으면서."

　장자이가 또 딴죽을 걸었다.

　매상옥은 무언가 한마디를 하려다가 한숨을 푹 쉬었다. 말을 말자는 기색이었다.

　"어쨌든 수고했어."

　"한데, 석단룡이 오공녀를 살려낼 거라는 건 어떻게 알았습니까?"

　"인질이 필요할 테니까."

　"인질?"

　매상옥은 어리둥절한 표정을 지었다.

　살극달이 다시 물었다.

"석가장은 어떻게 하고 있지?"

"지금 그게 중요해요? 당신 죽었다가 살아났다는 거 알고 있어요?"

장자이가 볼멘소리를 했다.

살극달은 잠깐 한숨을 쉰 후 주위를 둘러보며 물었다.

"여긴 어디지?"

"염려 마세요. 안전한 곳이니까."

"검노와 수라마군은?"

"안전해요."

"내가 얼마 만에 깨어난 거지?"

"정확히 보름하고도 반나절이 지났네요."

"보름? 다들 모이라고 해… 헉!"

말과 함께 몸을 일으키던 살극달은 또다시 등에 극통을 느끼고 주저앉았다. 악몽 속에서 죽창에 찔릴 때와 똑같은 고통이었다. 그때 차분한 음성이 들려왔다.

"움직이지 마세요."

살극달은 천천히 뒤를 돌아보았다.

여자아이 하나가 송곳처럼 굵고 길쭉한 장침을 든 채 자신을 바라보고 있었다. 살극달은 깜짝 놀랐다. 여태 누군가 뒤에 있다는 기척을 느끼지 못했기 때문이었다.

열대여섯 살 정도 되었을까?

의원처럼 하얀 무명천으로 앞을 가린 치마를 입은 여자아이였는데 맑고 깨끗한 피부며 뚜렷한 이목구비가 절로 감탄이 나올 만큼 뛰어났다. 분명 아직 피어나지 못한 꽃이건만, 그래서 더 청초하면서 신비스러운 아름다움이 그녀에겐 있었다.

아마도 이 여자아이가 치료를 해준 모양이었다.

그리고 왜 기척을 느끼지 못했는지 뒤늦게 깨달았다. 그녀에게선 어쩐 일인지 생기가 느껴지지 않았다. 마치 텅 비어버린 매미껍질 같다고나 할까. 이상하기 짝이 없는 일이었다.

한데 어딘지 낯이 익었다.

분명 본 적이 있는데 왜 생각이 나지 않을까?

여자아이가 살극달을 향해 얼굴을 쭉 내밀었다.

마치 '이래도 모르겠어요?' 하는 표정이었다.

살극달은 고개를 뒤로 빼고 여자아이를 뚫어지게 바라보았다.

"섭섭하네요. 전 첫눈에 알아봤는데."

말과 함께 여자아이가 살극달의 등에 장침을 푹 찔렀다.

명문혈이다.

선천지기를 받아들이는 대혈(大穴)이자 함부로 다루었다간 목숨을 잃고 마는 사혈(死穴) 중 하나, 인간의 몸은 신비로워서 충격이 가해지면 고통으로 위험신호를 보낸다. 위험한 곳이면 위험한 곳일수록 더 강한.

둥골이 짜르르 울리는 고통에 머릿속이 하얗게 탈색되는 것 같았다. 그 순간, 여자아이의 이름이 벼락처럼 떠올랐다.

그땐 시골 아이들이나 입는 갈의에 초립(草笠)을 쓰고 얼굴에는 주근깨까지 뿌려놓은 터라 선뜻 지금의 얼굴과 연관을 짓지 못했던 것이다.

"네가 어떻게 여길……?"

"이제야 아셨어요?"

"어떻게 된 거냐고 물었다."

"우리 집이니까요."

"우리 집?"

살극달이 장자이와 매상옥을 향해 시선을 던졌다.

"뭡니까? 두 사람 아는 사이였어요?"

매상옥이 뜨악한 표정으로 되물었다.

여자아이가 대답했다.

"일전에 공자님으로부터 구명의 은혜를 입었죠. 그땐 이름도 가르쳐 주지 않고 떠나시는 바람에 섭섭했는데 이렇게 다시 뵙네요. 그나저나 이름이 살극달이라던데, 사실인가요? 이렇게 특이한 이름은 처음 들어봐요."

여자아이는 두어 달 전 귀도성으로 검노를 만나러 가는 길에 우연히 만났던 당소악이었다. 쓸데없이 말을 많이 했다고 생각했는지 당소악의 얼굴이 빨개졌다.

이야기의 전말은 이랬다.

몽도류의 술법을 통해 살극달과 수라마군을 강시로 만든 검노 일행은 개방의 도움을 받아 말과 배를 번갈아 타며 장장 열흘을 달렸다.

그리고 도착한 곳이 바로 당가타였다.

당가타에 도착했을 때는 칠흑 같은 밤이었고, 놀랍게도 당문의 사람이 마중을 나와 있었다. 그들의 도움으로 이목을 피해 장원으로 진입한 일행은 오직 혈족들만 드나들 수 있는 비원으로 안내되었다.

본시 독과 약은 둘이 아닌지라 독의 조종으로 유명한 당문에 뛰어난 의원이 있는 건 당연했다. 게다가 살극달과 수라마군은 독에 중독되지 않았는가.

천만다행으로 당문은 요랑화라는 독에 대해 아주 잘 알았다. 십 할 자신할 수는 없지만 해독을 하고 굳어버린 근육과 오장육부를 푸는 일도 불가능하지는 않다고 했다.

그때부터 본격적인 치료가 시작되었다.

한데 그 치료를 이제 겨우 열여섯 살의 당소악이 주도했다. 당소악에 대해선 장자이도 어느 정도 알고 있었다.

어린 시절부터 예사롭지 않은 용모에 두뇌까지 비상해 가문의 기대를 한 몸에 받았지만, 독공을 익힐 수 없는 삼음절맥(三陰絶脈)을 타고난 탓에 불운한 삶을 살고 있다는 여자아이.

삼음절맥은 독공을 익히기는커녕 그 흔한 권장지공도 익힐 수가 없다. 몸이 유리알처럼 약해 작은 충격에도 뼈가 부러져 버리기 때문이다.

무림세가인 당문의 혈통이 무공을 익힐 수 없는 몸을 받고 태어났으니 참으로 얄궂은 운명이 아닐 수 없었다.

당문의 이런 비사는 사실 강호에 꽤 알려진, 더는 비사가 아닌 내용이었다. 그런데 그 당소악이 화타도 울고 갈 정도의 의술을 지닌 신의(神医)였을 줄이야.

여기엔 또 그만한 이유가 있었다.

삼음절맥을 타고난 당소악은 독공을 익히는 대신 해독술에 전념했다. 약과 독이 둘이 아닌 것처럼 하독과 해독 또한 둘이 아니었다. 적어도 지금까지는 그랬다. 한데 그 당연한 이치를 당소악이 깨뜨려 버렸다.

독을 전혀 다루지 못하면서도 해독에 관한 한 천하제일의 실력을 지닌 의원이 된 것이다. 물론 그녀가 이렇게까지 된 데는 아버지 당조천의 헌신적인 노력이 있었다.

그리고 지금 당소악은 삼음절맥의 천형은 벗어나지 못했지만 대신 살극달을 요랑화의 독으로부터 구해낼 수 있게 된 것이다. 이상한 인연이 아닐 수 없었다.

모든 사정을 알고 난 장자이는 당소악에 대해 측은한 마음과 고마운 마음이 동시에 들었다. 그런데 그녀와 살극달이 구명지은의 인연으로 엮여 있을 줄이야.

장자이는 당문에서 살극달을 구하려고 한 이유를 이제야 알 것 같았다. 당소악이 용봉지연에 나타났다는 살극달을 구해달라고 아비인 당가주에게 부탁했고, 직접 모습을 드러낼 수 없었던 당가주는 벗인 개방의 용두방주에게 부탁을 한 것이다.

하지만 여기에는 한 가지가 전제되어야 한다. 바로 살극달이 위험에 빠질 거라는 걸 당가주가 진작부터 알고 있었다는 것이다.

'오공녀 하나로도 벅찬데, 씨……'

당소악의 치료는 계속되었다.

몸 구석구석의 혈 자리마다 빈틈없을 만큼 뜸을 뜨고, 뜸을 뜬 자리엔 길이가 다른 금침(金針)과 은침(銀鍼)을 번갈아 놓는 지루한 작업은 무려 반나절이나 이어졌다.

그중에는 사혈을 건드리는 장침도 적지 않았다. 머리카락 한 올의 차이로 삶과 죽음이 오가는 것이 사혈에 침을 놓는 일이다.

고도의 긴장감이 필요한 것은 당연한 일, 당소악은 이마에 땀이 송골송골 맺히는 것으로도 모자라 등이 축축하게 젖었다.

이따금 당문의 또 다른 노의원들이 찾아와 교대를 제안했지만 당소악은 끝까지 자신이 치료하겠다고 고집을 피웠다. 집중에 방해된다며 장자이와 매상옥도 내보냈다.

대수롭지 않은 일인 것처럼 행동하는 당소악의 표정과 달리 살극달은 자신의 목숨이 백척간두에 있음을 알고 있었다.

"좀 아플 거예요. 뼈를 뚫고 들어가 골수를 건드릴 거거든요."

당소악이 말했다.

목소리에서 지금까지와 달리 긴장감이 느껴졌다.

명문혈에 장침을 찌를 때도 일언반구의 경고도 없던 그녀였다. 그런 그녀가 이렇게까지 말을 하는 걸 보면 여간 위험한 혈이 아니었다.

당소악은 겨우 한 치에 불과한 단금세침(短金細針)을 촛불의 파란 불꽃에 넣어 달구었다. 소독을 하려는 것이 아니었다. 그녀는 지금 화침(火針)을 놓으려는 것이다.

금으로 만든 데다 쇠털처럼 짧고 가느다란 것을 보면 아마도 몸속에 영구히 박아두려는 것일 게다.

침 끝이 숯가루처럼 노랗게 달구어졌음에도 당소악은 선뜻 시술을 하지 못했다. 마른침을 꿀꺽 삼키는 소리가 등 뒤에서 들려왔다.

"솔직히 말할게요. 이번에 놓으려는 곳은 백회혈이에요. 앞서 명문혈을 뚫어 본원지기의 불씨를 겨우 되살렸지만 백회혈을 뚫어 대소주천(大小周天)을 타통하지 않으면 전날의 무공을 회복할 수 없어요. 침을 놓지 않는다면 목숨은 보장할 수 있죠."

바꿔 말하면 백회혈에 침을 놓는 과정에서 죽을 수도 있다는 것이다. 백회혈은 머리의 정중앙 정수리에 위치한 혈로 흔히들 숨골이라고도 한다. 달리 소천문(小泉門)이라고도 하는데 갓난아기 때는 두개골이 닫히지 않은 상태로 있다가 나이가 들면서 조금씩 막힌다.

즉, 우주로부터 생명의 첫 기운을 받는 곳이자 인체와 우주를 하나로 연결해 주는 기의 통로인 곳이다.

그렇게 중요한 혈이니 자칫 실수라도 했다간 기의 소통이 끊어지고 목숨을 잃을 것이 자명했다. 당소악이 긴장을 하는 것도 당연했다.

"검술을 익혀본 적 있어?"

"지금 저 염장 지르는 거죠?"

"검술을 펼칠 땐 너무 방만해도 안 되고, 너무 긴장해도 안돼, 방만하면 힘이 모이질 않고, 긴장하면 모은 힘을 제대로 배분할 수가 없거든."

살극달은 검술을 통해 침술을 말하고 있었다.

침술 또한 긴장과 방만의 중도에서 최적의 상태를 만들어야 하는 것이다.

"저한테 검술 가르쳐 주실래요? 배우고 싶어요."

당소악이 한층 가벼워진 어조로 말했다.

"당문엔 훌륭한 스승이 많을 텐데."

"혈족과 연애를 할 순 없잖아요."

"농담할 기분 아니다."

"농담 아닌데……."

"……!"

"윤회를 믿으세요?"

살극달은 미묘한 기분이 되었다.

한 번씩 그런 생각을 해보았다.

죽고 다시 태어나길 반복하는 윤회의 고리 중 하나가 잘못되어 자신이 영생을 사는 게 아닌가, 그리하여 윤회의 주기가 끝나는 순간에야 비로소 삶도 끝낼 수 있는 게 아닐까 하고.

"그건 왜 묻지?"

"그때 강남에서 아저씨를 처음 봤을 때 어쩐지 낯이 익었어요. 마치 언젠가 한 번은 꼭 본 것처럼. 하지만 우리는 한 번도 만나보지 못한 게 분명해요. 전 나이도 어리고 그나마 생의 대부분을 장원 안에서만 지냈거든요. 그때 만났을 때가 꼭 열 번째 외출이었어요."

당소악은 숨이 차는지 잠시 사이를 두었다가 말을 이었다.

"그거 아세요? 전생에 인연이 깊었던 사람을 현생에서 다시 만나면 저도 모르게 낯이 익은 것처럼 느껴진다는 거. 그 말이 사실이라면 우리가 이번 생에 서로의 목숨을 구해주었으니 다음 생애에서는 훨씬 더 낯이 익은 것처럼 느껴지겠죠? 물론 또 만난다면 말이에요."

"……!"

살극달은 저도 모르게 심장이 뛰었다.

경직된 살극달의 근육을 느끼는 순간 당소악은 살짝 민망해졌다.

"하긴, 안 되겠다. 난 삼음절맥을 타고났거든요. 자, 이제 들어갑니다."

화끈한 불기운이 백회혈을 뚫고 들어왔다. 그 순간, 머릿속에서 '꽝' 소리가 났다. 동시에 불기운이 팔맥을 타고 사방으로 퍼져 나갔다. 불기운은 명문혈을 통해서 올라온 차디찬 기운과 하나로 뒤섞이더니 노도처럼 출렁였다. 냉탕과 열탕을 오가며 온몸을 치달리던 기운은 단전으로 향하면서 점차 잠잠해졌다.

슬쩍 기운을 운용해 본 살극달은 내공을 모두 회복했음을 느낄 수 있었다. 더불어 몸도 예전보다 훨씬 개운해진 것 같았다.

그 순간, 당소악이 털썩 쓰러졌다.

심력을 지나치게 소모한 탓에 일시적으로 정신을 잃은 것이다. 살극달은 쓰러진 당소악을 안아 들고 밖으로 나갔다. 햇살이 눈부시게 쏟아지는 가운데 황망한 표정으로 자신을 바라보는 사람들이 눈에 들어왔다.

                    *          *          *

사천당문의 가주 독왕(毒王) 당조천은 살극달과 함께 온 일행을 극진히 대접했다. 높다란 담장으로 둘러싸인 후원의 별각을 흔쾌히 내주었음은 물론 술과 음식도 충분히 내주었다. 뿐만 아니라, 내색은 하지 않았지만 세가의 고수들을 동원해 혹시라도 있을지 모르는 야조를 감시했다.

살극달과 일행은 완벽하게 숨겨졌다.

이 모든 것이 검노와 함께 부어라 마셔라 대작(對酌)을 하고 있던 취걸옹이 애를 썼기 때문임을 살극달은 모르지 않았다.

하지만 개방이 왜 끼어드는지를 캐고 있을 여력이 없었다. 당소악을 건네주고 당조천과 짧게 인사를 나누자마자 살극달은 수라마군이 있다는 별실로 향했다.

당조천으로부터 수라마군의 목숨이 경각에 달했으며, 그

가 자신을 만나고 싶어 하는 바람에 잠깐 숨을 붙들어놓았다는 얘기를 들은 직후였다.

검노, 장자이, 매상옥이 오리 새끼들처럼 뒤를 따랐다.

수라마군은 의자에 기대어 앉아 창밖을 바라보고 있었다. 신령스럽던 그의 은발은 죄다 빠져 버렸고, 그나마 듬성듬성 남아 있는 것도 윤기가 가신 지 오래였다. 번데기처럼 쭈글쭈글해진 얼굴엔 저승꽃이라고도 불리는 검버섯이 가득했다.

"과연 당문의 의술이군."

인기척에 돌아본 수라마군이 뒤늦게 살극달을 발견하고 말했다. 몸만 늙은 것이 아니라 기척을 감지하는 능력도 늙어 버린 모양이었다.

"꼴이 말이 아니군."

살극달이 수라마군의 맞은편 의자에 앉으면서 말했다.

"후후, 지극히 인간적인 모습이지 않은가?"

"웃음이 나오나?"

"일전에 얘기했잖은가. 난 나의 마지막 모습을 알고 있다고."

"결국 이렇게 될 거면 석가장에서 왜 너를 죽이라고 했나?"

"제갈공명은 제 죽을 날을 알면서도 천기를 바꾸려 했지."

"그는 결국 실패했다."

"중요한 건 그가 자신의 운명을 스스로 바꾸려 했다는 것이네. 태어날 때부터 누군가의 운명이 정해져 있다면 인간의 자유의지란 없다는 말인데, 그건 너무 허무하지 않은가?"

"인명을 거두는 것은 인간의 영역이 아니다."

"아직도 우리가 인간이라고 생각하나?"

"무슨… 뜻이지?"

수라마군은 대답 대신 물끄러미 살극달을 응시했다. 대답을 준비하는 표정이 아니었다. 그는 살극달을 측은하게 여기고 있었다.

"내게 말하지 않은 게 있군."

"자네 이름이 무엇인가?"

살극달이라는 이름을 알면서도 이렇게 묻는 것은 성이 아닌 완전한 이름을 묻는 것이다.

"살극달 무두리."

"늙은 용이라는 뜻이군. 내 이름은 데뭉게 팩신이다. 말을 타고 재주를 부리는 사람이란 뜻이지. 말을 타고 온 종일 초원을 달리던 어린 시절이 생각나는군. 이상한 일이지. 천 년에 가까운 세월이 흘렀는데도 어린 시절의 기억만큼은 또렷하게 남아 있으니 말이야."

"무슨 말을 하려는 거야?"

"너와 나의 이름이 유래된 곳에 대해 궁금하지 않나? 오래

전부터 북방의 유목민들 사이에서는 불가사의한 일족에 대한 전설이 있었지. 방황하는 호수 나포박(羅布泊)을 따라 떠돌던 불사의 일족."

"저건 내가 벌써 해줬던 얘긴데."

검노가 불쑥 끼어들었다.

장자이가 검노의 옆구리를 사정없이 꼬집었다.

살극달이 다시 수라마군을 향해 말했다.

"무려 십 년 동안 나포박을 찾아다녔다. 하지만 그런 호수도, 부족도 존재하지 않았다. 그건 유목민들이 만들어낸 허황한 전설일 뿐이었다."

"나도 그랬다. 하지만 사실이다."

"어떻게 확신하지?"

"해동에서 만난 그녀가 바로 그 부족의 사람이었으니까."

살극달은 망치로 뒤통수를 맞은 것 같았다.

수라마군의 말이 사실이라면 자신과 같은 존재가 일족을 이루어 살고 있다는 말이 아닌가.

"한데 왜 너는 그들을 찾아가지 않았지?"

"찾아갔다. 그녀로부터 호수의 위치를 물어본 후 다시. 하지만 아무것도 찾지 못했다. 방황하는 호수 나포박이 사라져버렸거든. 호수가 사라지면 일족도 사라진다."

"멸족(滅族)했다는 말인가?"

"그런 것과는 다른 차원의 문제야. 한 가지 확실한 건 호수가 돌아오면 그들도 돌아온다는 거지. 네가 십 년이나 북방을 헤매고도 나포박을 찾지 못한 이유가 바로 호수가 사라진 세월 동안 그곳을 헤맸기 때문이다."

"호수는 언제 어디로 돌아오지?"

"백 년을 주기로 곤륜산 북쪽 소금사막이 시작되는 곳으로 돌아온다. 그리고 딱 칠 주야 동안만 머물렀다가 다시 사라지지. 주기가 시작되고 끝나는 해는 그녀도 알지 못했다."

"그래서 곤륜산에 뿌리를 내렸군. 한 번이라도 그들을 만나보기 위해."

"내가 뇌옥에서 했던 말을 잊지 말게."

수라마군이 숨을 토해내며 말했다.

남은 생기가 모두 빠져나가는 것처럼 긴 숨이었다. 그 순간, 수라마군의 눈동자에 푸르스름한 빛이 감돌기 시작했다. 회광반조(回光返照), 죽음을 앞둔 자가 지나온 삶을 반추하는 생의 마지막 불꽃이었다.

"노사(老死)라… 참으로 인간다운 죽음이지 않은가? 후후."

그게 수라마군의 마지막 말이 되었다.

\*　　　\*　　　\*

당가타에는 당문의 혈족들을 위한 화장터가 따로 존재했지만 당조천은 야음을 틈타 장원 내의 대장간을 내주었다. 살극달 일행이 이목을 피해 수라마군을 편안하게 보내줄 수 있도록 하기 위해서였다.

각종 병기를 제작하는 대장간의 용광로(鎔鑛爐)에서 구백년을 산 정체불명의 존재 수라마군은 한 줌의 재로 변했다.

여타의 거창한 의식은 치르지 않았다.

대신 수거한 뼈를 곱게 빻아 작은 죽통에 넣어 살극달이 챙겼다. 여기까지 걸린 시간이 꼬박 반나절, 살극달은 마음이 급했지만 수라마군을 위해 기꺼이 시간을 쪼갰다.

그때쯤 개방도 하나가 당문을 찾아왔다. 살극달이 염려했던 바로 그 소식을 들고.

"제마련이 탄생했습니다. 구패를 비롯해 대소 오십여 개의 문파가 참여했고, 초대 련주로는 하일검제 석단룡이 만장일치로 추대되었습니다."

소식을 전한 걸개는 사결제자 노겸이라고 했다.

"명분이 있을 터인데?"

취걸옹이 물었다.

"제마련이라는 이름에서 보듯, 끽채사마(喫菜事魔)를 몰아내고 중원무림의 평화를 되찾자는 것이 기치입니다."

"끽채사마라… 뭐 그리 틀린 말은 아니지. 한데, 패주들의 죽음에 관한 뒷말은 나오지 않더냐?"

"그들은 패주들을 죽인 원흉이 전쟁의 신 노룡이라고 생각하고 있습니다. 다들 원수를 갚겠다며 눈에 불을 켜고 있죠."

노겸이 살극달을 곁눈질하며 말했다.

전쟁의 신 노룡이라며 거창하게 말하는 것은 살극달이라는 이름을 함부로 말하기 어려운 까닭이었다. 그의 입장에선 살극달이 개방의 방주만큼이나 대하기 어려운 존재였다.

"패주들이 죽고 난 후 문주의 자리는 어떻게 되었소?"

살극달이 물었다.

"녹류산장의 경우 뇌천자의 아우 구적평이 유력한 문주로 거론되고 있고요. 나머지 문파의 경우에는 청룡십우가 강동석가의 강력한 후원을 등에 업고 임시문주의 자리를 꿰찼습니다. 정식 취임식은 사마외도와……."

"편한 대로 말씀하시오."

"정식 취임식은 사마외도와 그들에게 일조한 세력을 일망타진하고 난 후 이루어질 거라는 말들이 돌고 있습니다."

"그들에게 일조한 세력이라니?"

취걸옹이 물었다.

"그들이 자하부를 노리고 있습니다."

"뭐?"

"강호인들은 자하부의 배후에 살극달이 있었다고 생각합

니다. 애초 자하부를 치려 했던 수라마군이 결정적인 순간 물러난 것도, 용봉지연에 살극달이 나타나 수라마군을 도운 것도 두 사람 사이에 모종의 밀약이 있었던 결과라는 것이죠."

"석단룡, 그놈의 짓이군."

"자하부를 향한 징치는 이미 시작되었습니다. 전서구를 통해 온 급보에 의하면 석단룡이 석가장에 집결한 삼천의 병력을 이끌고 자하부로 진격 중이며, 교룡방과 수로맹의 배 수백 척이 장강 물길을 통해 그들의 수송을 돕고 있다고 합니다."

"수로맹? 장강수로맹을 말하는 것이냐?"

"그렇습니다."

"제마련이 어찌하여 장강수로맹과 손을 잡는다는 것이냐?"

비록 그 속은 검다 할지라도 제마련은 무림의 안녕과 평화를 기치로 내세운 정도문파의 연합이다. 그런 자들이 흑도를 대표하는 거파인 장강수로맹과 손을 잡을 때는 그만한 명분이 있어야 한다.

취걸옹은 바로 그것에 대해 묻고 있었다.

"마도척결에 흑백의 구분이 있겠습니까?"

"검둥개와 흰둥 개가 힘을 합쳐 늑대를 물리치겠다는 심보로군."

검노가 한마디 분석을 내놓았다.

노겸의 말이 이어졌다.

"광동진가를 비롯해 참전 의사를 밝힌 문파들이 중간 중간에서 합류하면, 귀주에 이르렀을 때쯤엔 일만에 육박할 겁니다."

"일만! 방금 일만이라고 했느냐?"

취걸옹을 비롯해 장내에 모여 있던 사람들 모두의 눈동자가 튀어나올 듯 커졌다. 용봉지연이 벌어지는 동안 석가장에 집결한 병력이 겨우 삼천이었다. 그마저도 상대하기가 벅차 연막작전으로 이천가량을 빼낸 후에야 겨우 전투를 치렀다. 그렇게 치른 전투도 패배로 끝났다.

한데 일만에 달하는 대병력이라면 더 말해 무엇할까? 게다가 흑우병단은 몰살을 당했고 적들이 가장 무서워했던 수라마군도 죽어버렸다.

"이해가 가지 않는군요. 자하부 하나를 치는 데 일만의 병력을 대동할 필요가 있을까요?"

매상옥이 말했다.

"멍청하긴, 자하부를 쳐서 살 공자를 유인하려는 거야. 오공녀를 살려둔 것도 그것 때문이고. 주적이 살 공자라면 당연히 대병력을 동원할밖에. 그는 일만의 마병을 몰살시킨 전쟁의 신이니까."

매상옥이 살 형이라 부른다며 딴죽을 걸던 장자이가 어느

새 살 공자라 부르고 있었다. 그 모습이 워낙 능청스러워 매상옥은 이상함을 전혀 느끼지 못했다.

한편, 걸핏하면 일만 마병을 몰살 어쩌고 하는 말에 울컥한 검노가 한마디를 하려는 순간 매상옥이 가로챘다.

"그러니까 더 이상하지 않아? 수라마군의 진원진기를 흡수한 석단룡은 이제 적수가 없을 터인데, 살 형을 죽여 명예를 얻을 속셈이라면 오히려 혈혈단신으로 자하부를 찾아가는 게 낫지."

"세를 과시하기 위해서지."

이번엔 당문의 가주 당조천이 말했다

"세라뇨? 누구에게 무슨 세를 과시한다는 말입니까?"

"석단룡은 야망이 큰 위인일세. 자하부를 치고 살극달 공자를 없애는 것을 시작으로 종래에는 천하를 손에 넣으려 할 걸세. 그는 지금 군림천하의 첫발을 내디딘 것이지."

"천하의 주인이 자신이라는 걸 만천하에 알리려고 세를 과시하려는 것이란 말씀인가요?"

"그렇다네."

당조천의 말에 사람들은 소름이 돋았다. 석단룡이 그 정도로 큰 그림을 그리고 있었을 줄이야. 매상옥과 장자이는 처음부터 그걸 알았다면 그때 자하부에서 살극달을 따라가지 않았을 거라고 생각했다.

상황이 이런데도 살극달은 아무런 말도 하지 않았다. 그는 마치 이 모든 걸 처음부터 예상했다는 듯한 얼굴이었다. 정말 말도 안 되는 소리지만 살극달이라면 정말로 그랬을지도 모른다는 생각이 들었다.

"구대문파와 오대세가의 부활을 염두에 둔 포석일 수도 있지."

이번에 말을 한 사람은 취걸옹이었다.

"이건 또 무슨 굼벵이 옆구리 터지는 소리야?"

검노가 물었다.

"당사자가 시치미를 뚝 떼니 무슨 말을 해야 할지 모르겠군."

"당사자라니, 내가?"

"지난날 귀하가 강호를 분탕질하고 난 후 구대문파와 오대세가는 산문을 걸어 잠그고 강호의 일에 일절 관여를 하지 않았소. 그 세월이 장장 십 년이오. 강산이 한 번 바뀌는 시간인데 제자를 키워도 여럿 키웠지 않겠소?"

"음, 그것도 그럴듯하군. 가만, 그래서 석단룡을 저렇게 키워놓은 게 내 탓이라는 게야?"

"전혀 책임이 없다고는 할 수 없지요."

"그래서 지금 나랑 한번 해보자는 거야?"

검노가 소매를 걷어 팔뚝에 감긴 쇠사슬을 드러내 보였다.

취걸옹은 뒷짐을 지고 하늘을 우러르며 장탄식을 쏟아냈다.

"괄괄한 성격만큼 기력도 여전했으면 좋으련만, 안타깝도 다. 젊어서는 광인처럼 대륙을 질타하고 늙어서는 업보를 씻으려 하나 세월이 기다려 주지 않는구나."

"그거 지금 내가 늙었다고 흉보는 말이지?"

"누가 욕하는 말은 빨리 알아듣는구려."

"이익!"

검노는 얼굴이 시뻘게져서 눈알을 부라렸다.

살극달이 딴죽을 걸지 않아서 좀 살 만하다 싶었더니 이제는 별 거지 같은 놈이 느닷없이 나타나 복장을 긁고 있지 않은가.

하지만 금방이라도 잡아먹을 것처럼 구는 것과 달리 검노는 취걸옹을 공격하지 않았다. 취걸옹이 자신의 부상을 치료해 주어서가 아니다. 살극달이 사경을 헤매는 사이 검노는 취걸옹과 여러 번 술잔을 기울였는데 그러다 보니 그만 은근한 정이 들어버렸다.

그때 살극달이 당조천과 취걸옹을 모두 아우르며 말했다.

"개방과 당문도 예외는 아닐 거외다."

"알고 있네."

취걸옹이 대표로 대답했다.

착 가라앉은 목소리에서 그가 작금의 상황을 얼마나 심각하게 받아들이는지를 알 수 있었다.

"나를 돕는 이유가 무엇이오?"

"못 들었나 보군. 난 단지 당가주의 부탁을 받았을 뿐이네."

"그게 전부가 아님을 알고 있소."

취걸옹은 한동안 살극달을 빤히 바라보다가 너털웃음을 터뜨렸다.

"껄껄껄, 전쟁의 신을 속일 수 있을 거라 생각한 내가 바보지. 이미 짐작하는 듯하네만 말귀를 못 알아듣는 늙은이도 있을 수 있으니 내 말을 해주지."

검노가 얼굴을 와락 일그러뜨리려는 찰나 취걸옹이 재빠르게 말을 이었다.

"석단룡을 경계하려는 것이네. 우리는 그 옛날 백백궁의 혈사 당시 석단룡과 아홉 명의 인물이 행했던 비사를 알고 있네. 하여 자네를 돕는 길이 석단룡을 패가망신하게 만드는 일이라는 것에 의견의 일치를 보았네."

"우리?"

"나는 지금 구파일방과 오대세가를 대표해 자네에게 말하는 것이네."

이 한마디에 지금껏 장난기 가득하던 취걸옹은 온데간데없고 십만 개방도를 이끄는 대방주의 위용이 흘러넘쳤다. 이게 하늘 아래 가장 빠른 발을 지녔다는 취걸옹의 본모습이었다.

돌변한 취걸옹의 기세에 장자이와 매상옥은 흠칫했다. 취걸옹도 취걸옹이지만 그가 한 말은 더욱 충격적이었다. 구파일방과 오대세가가 석단룡을 견제하고 있었다니.

"적의 적은 아군이다?"

"딴은 그런 셈이지."

"내가 적이긴 하다는 뜻이군."

"수라마군은 오랜 세월 중원무림에 지대한 위협과 해악을 끼친 인물일세. 힘이 없어 하지 못했을 뿐 우리 또한 할 수만 있었다면 진작에 그를 제거했을 걸세. 얄궂게도 석단룡이 그 일을 대신 해주었지만."

"수라마군이 사라졌으니 이젠 나를 이용해 석단룡을 견제하겠다."

"부인하지 않겠네."

장자이와 매상옥의 얼굴이 붉으락푸르락해졌다. 동악뇌성에게 쫓기던 일행을 빼돌려 주고 죽어가는 사람을 살려주더니 이런 내막이 있었을 줄이야.

"그러면 그렇지. 이 거지 새끼야. 여러 말 할 것 없이 나랑 한판 붙자!"

검노가 발끈하며 앞으로 나서려 했다.

살극달이 한 손을 들어 검노의 가슴을 밀어내며 말을 이었다.

"그래서 나를 어떻게 이용할 셈이오?"

"십여 년 전 자네가 야만의 전사 오백을 이끌고 일만마병을 몰살했던 것처럼 석단룡과 그를 따르는 무리를 다시 한 번 쓰러뜨려 주길 원하네. 마침 제마련의 병력도 일만이라고 하는군."

"그게 구파일방과 오대세가의 공식입장이오?"

"그렇다네."

"지원해 줄 수 있는 병력은?"

장자이와 매상옥의 얼굴이 다시 밝아졌다.

이용을 한다는 문맥에 사로잡혀 본질을 잊고 있었는데 결국은 구파일방과 오대세가가 살극달을 도와주겠다는 것이다. 구파일방과 오대세가가 나서주기만 한다면 제마련을 상대하는 것도 불가능하지만은 않다.

"큼, 진작 그렇게 말을 할 것이지."

뒤늦게 사태를 깨달은 검노는 자신의 경솔함에 낯이 뜨거워졌다. 하지만 이어지는 취걸옹의 대답은 그들 세 사람의 기대를 무참히 짓밟아 버리는 것이었다.

"개방의 정보력, 전쟁에 들어가는 비용, 전쟁이 끝난 후 자네와 자네의 동료들에 대한 안전보장, 중원무림에서 자하부의 입지."

장자이와 매상옥, 검노는 만두를 시켜놓고 기다리는 아이

들처럼 취걸옹의 입을 뚫어지게 바라보았다. 혹여나 다른 말
이 더 나오지 않을까 해서였다. 하지만 취걸옹의 제안은 그게
전부였다.

"누가 누구의 안전을 보장해? 이런 엿 같은 경우를 봤나!"

참다못한 검노가 쇠사슬을 힘차게 뿌렸다.

촤르륵!

하지만 쇠사슬은 살극달이 뻗은 주먹에 가볍게 사로잡혀
버렸다. 살극달은 씩씩거리는 검노를 뒤로하고 취걸옹을 향
해 말했다.

"공개적으로 나서지는 않겠다?"

"석단룡이 비록 마병을 취하고 마공까지 익혔다고는 하나
명확한 물증이 없을뿐더러 엄연히 정도를 표방하고 있네. 흑
백의 구분이 모호해진 지금, 그가 제마련을 마교로 키울 게
아닌 이상 우리도 깊이 따지고 들기 어려운 측면이 있네. 하
지만 그가 군림천하 하는 것을 바라지는 않네."

에둘러 말하지만 사실상 석단룡의 천하가 되면 자신들의
입지가 좁아질 것을 염려하고 있었다. 결국 차도살인지계(借
刀殺人之計)를 쓰겠다는 것인데 그 뻔한 수작을 어찌 살극달
이 간파하지 못했을 것인가.

"개방과 당문이 개입했다는 걸 석단룡이 모를 것 같소?"

"물론일세."

"애석하군. 그는 이미 알고 있소."

"근거가 있는 말인가? 아니면 직감인가?"

"논리요."

"……?"

취걸옹은 고개를 갸우뚱거렸다.

살극달이 무슨 말을 하는 건지 당최 알 수가 없기 때문이었다. 더불어 살극달이 어떻게 나올지를 몰라 한참이나 바라보았다. 다른 사람들 역시 살극달의 입만 쳐다보았다. 살극달은 취걸옹을 뚫어지라 직시하다가 말했다.

"제마련의 일거수일투족을 내게 보고하시오."

"최선을 다하지."

취걸옹이 힘주어 말했다.

당조천이 한마디를 더 보탰다.

"무거운 짐을 지운 것 같아 미안하군."

"선후야 어찌 되었든 목숨을 구해주신 것 진심으로 감사드리오. 잊지 않을 것이외다."

"전날 귀하가 내 딸을 구해준 것을 잊지 않았네. 굳이 따지자면 주고받은 셈이지. 하니 귀하와 당문 사이에 빚은 없네. 행여 다시 당문을 찾을 일이 있거든 그땐 벗으로서 술이나 한잔하세. 늙은 벗도 마다치 않는다면 말일세."

곁에서 듣고 있던 검노, 매상옥, 장자이는 기가 찼다. 당조

천과 취걸옹이 멋모르고 줄곧 하대하지만 살극달 역시 수라
마군처럼 불사의 존재가 아닌가. 두 사람에게 살극달은 까마
득한 조상과 동년배일 것이다.

살극달은 다시 당소악을 돌아보며 정중히 포권지례를 했
다.

"잊지 않겠다."

"무얼요?"

"네가 내게 베푼 호의."

"그럼 저도 아저씨께서 제게 베푼 호의를 잊지 말아야겠네
요. 삭막하다."

"어쨌든 고맙다."

"다시 방문해 주실 거죠?"

"글쎄."

"너무 늦지 않게요. 제가 늙어버리면 곤란하니까."

"왜 그런 말을 하는 거지?"

"제가 아저씨와 수라마군의 맥을 모두 짚어봤다는 걸 기억
하세요."

말과 함께 당소악이 말갛게 웃었다.

살극달은 깜짝 놀랐다.

자신에게는 보통 사람들과 다른 맥이 뛴다. 맥을 짚어본 의
원들은 누구나 인간의 맥이 아니라며 깜짝 놀란다. 수라마군

역시 그러할 것이다. 영악한 당소악은 수라마군의 맥과 비교하여 살극달 또한 불사의 존재라는 걸 알아차린 것이다. 전쟁의 신 노룡이라는 배경이 한몫을 했을 것이다.

"비밀은 지켜주겠지?"

"아저씨도 약속해 주세요. 꼭 다시 찾아온다고."

"네가 스무 살이 되는 해 찾아오마."

그제야 당소악의 얼굴이 환해졌다.

두 사람의 이런 말랑말랑한 대화가 듣기 불편한 사람도 있었다.

장자이는 연거푸 땅이 꺼져라 한숨을 쉬어댔다. 그러다 갑자기 보자기에 싼 검 한 자루를 살극달에게 불쑥 내밀었다.

"이게 뭐지?"

"풀어보면 알 거 아니에요."

살극달이 보자기를 풀자 석단룡에게 빼앗겼던 사왕검이 나왔다.

"이걸 어떻게……?"

"그래요. 훔쳤어요."

"고맙다."

살극달은 가볍게 미소를 지었다.

살극달의 웃는 모습에 뾰로통했던 장자이의 얼굴도 다시 펴졌다. 살극달은 장자이와 매상옥을 번갈아 보며 말했다.

"너희도 이제 그만 떠나라."

"……?"

"……?"

느닷없는 살극달의 말에 장자이와 매상옥은 눈을 동그랗게 떴다. 당최 무슨 말을 하는 건지 알 수가 없었던 것이다. 여태 생사고락을 함께했으면서 갑자기 떠나라니. 뒤늦게 살극달이 자신들을 쳐내려 한다는 걸 깨달은 매상옥이 발끈했다.

"그게 무슨 말이오? 실컷 부려먹을 땐 언제고 이제 와서 토사구팽(兎死狗烹)하겠다는 거요?"

장자이도 덩달아 발끈했다.

"개방과 당문의 뒷배를 얻었으니 이제 우리 정도 실력은 눈에도 안 찬다는 건가요?"

장자이와 매상옥은 살극달이 자신들을 염려해서 하는 말이라는 걸 모르지 않았다. 하지만 여태 살갑게 군 적 없는 처지에 갑자기 달달하게 말하는 것도 우습지 않은가.

"구대문파와 오대세가도 몸을 사린다. 하물며 도방과 백귀총 정도는 하루아침에 멸문지화를 당할 수도 있다."

"……!"

"……!"

자신들의 문파가 언급되자 장자이와 매상옥의 얼굴이 딱딱하게 굳었다. 자신들의 행동이 문파에 해를 끼치지는 않을까 하는 생각은 전혀 안 해본 것은 아니었다. 하지만 정말로 불똥이 튈 일이야 있겠느냐며 스스로 위안했다. 그 생각은 지금도 마찬가지였다.

"백귀총의 본총은 강호에 한 번도 노출된 적이 없습니다. 속으로야 이빨을 갈겠지만 어찌하지는 못할 겁니다. 게다가 본총에서 제게 아무런 기별이 없는 걸 보면 딱히 저의 행동에 제재를 가할 생각도 없는 듯하고요."

매상옥이 말했다.

"이하동문(以下同文)이네요."

장자이가 말했다.

"과연 그럴까?"

살극달은 의미를 알 수 없는 한마디를 남긴 후 뒤쪽을 향해 말했다.

"이제 그만 나오시는 게 어떻겠소?"

잠시 후, 어둠 속에서 일단의 무리가 담벼락 위로 모습을 드러냈다. 야조처럼 솟구쳐 오르는 신법이 은밀하면서도 표표하기 짝이 없었다.

장자이와 매상옥은 물론이요, 취걸옹과 당조천까지 놀란 표정을 지었다. 비록 눈에 보이지는 않았다 해도 무려 오십여 명이나 되는 사람들이 담벼락 하나를 사이에 두고 있었는데도 불구하고 아무런 기척을 느끼지 못했기 때문이었다.

그중 한 사람이 앞으로 나섰다.

"아버지!"

장자이가 깜짝 놀라 외쳤다.

실처럼 가느다란 눈에 부처처럼 늘어진 귀를 가진 노인은 도방의 방주이자 천하제일의 대도로 유명한 독행대도 장곡산이었다.

장곡산은 못마땅하다는 듯 혀를 끌끌 찼다.

"귀하들도 그만 나오시오."

살극달이 재우쳐 말했다.

사람들이 '이건 또 뭔 소리야?'라는 표정으로 살극달의 시선이 향한 곳으로 고개를 돌렸다. 과연 밤 풍경의 일부가 연기처럼 흩어지는가 싶더니 흑의무복에 복면까지 뒤집어쓴 삼십여 명의 검수들이 모습을 드러냈다.

복면 사이로 보이는 눈동자에서 뿜어져 나오는 안광이 하나같이 여간 서늘하지 않았다. 매상옥이 그중 유난히 왜소한 체구에 가냘픈 허리를 가진 복면인에게 달려가더니 오체투지에 가까운 부복을 했다.

"사부님!"

지은 죄가 있는지라 알아서 기는 것이리라.

검노와는 주종인지 사승인지 확실히 매듭을 짓지 않았으니 매상옥이 사부라 부를 사람은 하늘 아래 한 명밖에 없었다.

왜소한 복면인이 바로 중원 오대살문 중 한 곳인 백귀총의 총주이자 하늘 아래 죽이지 못할 사람이 없다는 전설의 살수 염라왕(閻羅王) 소군악이었다.

"나를 사부로 여기기는 하느냐?"

복면 사이로 뜻밖에도 가느다란 목소리가 흘러나왔다. 사람들의 머릿속에 똑같은 생각이 떠올랐다.

'여자?'

백귀총의 총주가 여자일 줄은 꿈에도 몰랐던 사람들은 놀란 기색을 감추지 못했다.

"죄송합니다, 사부님."

"네놈이 사문에 끼친 해악이 얼마나 큰 줄을 아느냐?"

"죄송합니다."

"죄송하다고 해결될 문제가 아니다. 내가 무얼 받았는지 아느냐?"

"설마……."

고개를 들어 의혹의 눈길을 던지는 매상옥의 얼굴 위로 종이 한 장이 던져졌다. 황급히 종이를 받아 든 매상옥의 얼굴이 노래졌다. 종이 위에는 보낸 이의 낙관과 함께 딱 두 글자가 적혀 있었다.

생사(生死).

"이걸 누가······?"

"까막눈이라도 된 것이냐? 낙관에 찍힌 제마련주 석단룡이라는 글씨를 정녕 읽지 못한다는 말이냐?"

"······!"

말인즉슨 죽거나 살거나 양자택일을 하라는 것이다. 즉, 행여 문파 차원에서 살극달을 돕는다면 멸문지화를 면치 못할 것이고, 그렇지 않다면 살 것이라는 얘기다.

문득 불길한 생각이 든 장자이가 장곡산을 바라보았다. 장곡산도 장자이에게 종이 한 장을 내밀었다. 하얗게 질린 얼굴로 장곡산과 종이를 번갈아 보는 것으로 보아 같은 내용일 게 분명했다.

장자이와 매상옥의 얼굴이 시커멓게 변해 버렸다. 이렇게 되면 살극달의 예상이 맞아떨어지는 것이 아닌가.

장자이는 굳은 표정으로 고개를 숙였다.

장곡산은 말없이 장자이를 바라보았다.

내게 무슨 할 말이 있을 텐데? 라는 얼굴이었다.

마침내 장자이의 입이 열렸다.

"구구절절한 설명은 하지 않겠어요. 이해해 달란 말도 하지 않겠어요. 하지만 제 결심은 확고해요."

"그래서 도방을 위험에 빠뜨리겠다?"

"차라리 저를 파문해 주세요."

"파문을 한다고 부녀 사이가 없던 일로 되는 것도 아니며, 너 하나를 파문한다고 석단룡이 이해할 인간도 아니다."

"다시 말씀드리지만 제 결심은 변하지 않아요."

"대체 무엇 때문이냐?"

"위험에 빠진 친구를 두고 혼자 살겠다며 발을 뺄 수는 없어요. 그건 인간이 할 짓이 아니에요."

"친구? 겨우 그것 때문에 아비와 형제들은 죽거나 말거나 상관이 없다 이거냐?"

"그런 뜻이 아니잖아요."

"시끄럽다."

"아버지."

"각설하고 소월도에 기름이나 듬뿍 발라놓거라. 그래야 칼질이 쉬울 터인즉."

"예?"

"장원은 아무도 모르는 곳으로 옮겨놓았다. 본방의 방도들 또한 당분간 생업을 자제하라 일러두었고."

"그 말씀은……?"

"내 평생 이렇게 오만방자한 무림첩은 처음 보았다. 석단룡, 그 육시랄 인간이 우리 도방을 얼마나 우습게 보았으면……. 내 반드시 그놈의 전 재산을 훔치고 말리라."

장곡산이 두 주먹을 불끈 쥐고 어금니를 빠드득 갈았다. 장자이의 얼굴이 환해진 것은 물론이었다. 뜻밖의 지원군이 생기자 검노의 얼굴도 활짝 피었다. 장곡산이 이렇게 나올 줄 몰랐는지 취걸옹과 당조천도 매우 당황한 표정이었다.

매상옥이 슬그머니 소군악을 곁눈질했다.

혹여 그의 사부 역시 같은 생각인지 은근히 기대를 하면서. 소군악이 그런 매상옥을 물끄러미 바라보며 물었다.

"네놈의 눈에는 이 사부의 배짱이 독행대도만 못해 보이더냐?"

"하면?"

"나 또한 그처럼 오만방자한 무림첩은 처음 보았느니라. 이미 석단룡에게 밤길 조심하라고 답신을 보냈느니라. 이제 놈은 잠을 잘 때도, 밥을 먹을 때도, 술을 마실 때도 저승사자가 곁에 있지 않은지 돌아보아야 할 것이니라."

"하지만 후환이 있지 않겠습니까?"

매상옥이 취걸옹과 당조천을 슬쩍 곁눈질하며 말했다. 구대문파와 오대세가조차도 몸을 사리는데 백귀총이 어찌 그것을 감당할 수 있겠느냐는 뜻이다.

"우리가 언제 남의 눈치를 보고 살았더냐?"

"푸하하하!"

갑자기 광소를 터뜨린 사람은 검노였다.

한참을 웃어젖히던 그가 돌연 표정을 굳히더니 장곡산과 소군악을 향해 포권지례를 하며 말했다.

"늘그막에 모처럼 진정한 영웅들을 만났군. 본좌는 혼세마왕이라고 하네. 이렇게 만난 것도 인연인데 본좌가 술을 살 터이니 코가 삐뚤어지도록 마셔보지 않겠나?"

검노의 호의적인 태도에도 불구하고 장곡산과 소군악은 형식적으로 고개만 끄덕일 뿐이었다. 가까워지기는 싫은데 워낙 고강한 인간이니 적당히 예의만 차리는 투였다. 뻘쭘해진 검노가 우물쭈물하는 사이 살극달이 물었다.

"후회하지 않겠소?"

소군악과 장곡산에게 묻는 것이다.

"일문의 문주일세. 한 입으로 두말할 리 있겠나."

장곡산이 대표로 말했다.

"그럼 나도 두 번 묻지 않겠소. 마침 귀하들이 할 일이 있소. 모두 자하부로 갑시다."

살극달은 선 자리에서 당문을 떠났다.

第八章

자하부로 돌아가다

비
룡
잠
호

야음을 틈타 당문을 떠난 살극달은 일행을 이끌고 곧장 남
하했다. 새롭게 장곡산과 소군악이 일행으로 합류했다.

당조천은 처음부터 동행할 의사가 없었고, 취걸옹은 여러
가지 정치적인 입장 때문에 빠졌다. 하지만 음지에서의 전폭
적인 지원을 약속했다.

경공을 펼쳐 쉬지 않고 달리다 보니 동이 터 오를 무렵엔
장강에 다다를 수 있었다. 이목을 피하기 위해 일부러 인적이
드문 곳을 골랐다. 그럼에도 불구하고 배를 구하는 수고는 없
었다.

어떻게 알았는지 개방도가 어선 한 척을 강변에 댄 채 기다리고 있었다. 취걸옹이 조치를 취한 것이다. 취걸옹은 살극달이 길고긴 장강의 어느 지점으로 도착할 걸 어떻게 알았을까?

살극달은 동행을 하지 않겠다는 말과 달리 보이지 않는 곳에서 취걸옹 역시 따르고 있음을 알 수 있었다.

보이지 않는 곳에서 따르는 사람은 취걸옹뿐만이 아니었다. 장곡산이 이끌고 온 도방의 고수 오십과 소군악이 이끌고 온 백귀총의 살수 삼십이 적당한 거리를 유지한 채 그들만의 방식으로 따르고 있었다.

도둑과 살수답게 발군의 은잠술을 발휘하는 바람에 살극들을 제외하고는 아무도 그들의 정확한 위치를 알지 못했다. 심지어 검노조차도. 살극달은 도방과 백귀총의 무력이 상상외로 강한 것에 놀랐다.

장강을 건너자 이번엔 인적이 없는 산자락에 말 여섯 필이 매여 있었다. 역시 개방도가 준비한 것이다. 살극달은 볼 것도 없이 말을 타고 달렸다.

그때쯤엔 날이 밝았고, 관도를 택하다 보니 자연히 사람들의 눈에도 띄었다. 살극달은 개의치 않았다. 자신이 자하부로 향하고 있다는 걸 석단룡이 알아야 했으니까.

그렇게 백 리쯤 달리자 타고 있던 말이 거품을 물고 쓰러질 기세였다. 바로 그때 신기하게도 또 주인 없는 말 여섯 필이 나타났다.

역시 개방도의 안배다.

타고 있는 말이 지칠 무렵이면 계속해서 말이 나타났고, 그때마다 말을 갈아타면서 살극달은 쉬지 않고 남하했다. 그리고 당문을 떠난 지 닷새 때 되던 날 아침 마침내 자하부에 당도할 수 있었다.

*         *         *

자하부에 도착하기 무섭게 살극달은 독고설란으로 하여금 가로회의(家老會議)를 소집하라 일렀다. 그 결과 천추루(天樞樓) 내실에서 자하부의 운명을 좌우할 중대한 회의가 열렸다.

회의에 참석한 사람은 부주인 독고설란, 원로인 이자담, 총관인 궁즉통과 오당의 당주인 개비수, 석두호, 천인강, 고엽충, 여인옥, 그리고 살극달 일행이었다.

장곡산과 소군악은 논외로 치더라도 이제는 강호의 공적이 되어 돌아온 살극달 일행을 맞는 사람들의 표정은 착잡하기 그지없었다.

특히 스스로 자하부의 행보를 결정해야 하는 독고설란의 마음은 복잡하기 이를 데 없었다. 그나마 다행인 것은 조빙빙에 대한 소식이었다.

"빙빙이 살아 있다고요?"

"사로잡혔지만 분명 살아 있습니다."

"아······!"

독고설란의 입에서 나직한 탄성이 쏟아졌다. 이자담과 궁
즉통 등의 표정도 급격하게 밝아졌다. 자하부에 있으면서도
독고설란은 석가장에서 일어난 혈사에 관해 귀에 못이 박이
도록 들었다. 강호가 그 이야기로 온통 떠들썩한데 어찌 모르
겠는가.

처음 독고설란을 놀라게 한 것은 수라마군의 등장이었다.
그 옛날 강호를 공포의 도가니로 몰아넣었던 백백교의 교주
가 살아서 석가장에 나타났다는 사실은 독고설란에게도 작지
않은 충격이었다.

하지만 더 큰 충격이 그녀를 기다리고 있었다. 석가장에서
벌어진 용봉지연에 살극달과 조빙빙이 나타났고, 마교주인
수라마군을 돕다가 살극달은 중상을 입고 도주했으며 조빙빙
은 스스로 자결했다는 대목에 이르러 독고설란은 까무러치는
줄 알았다.

강동석가를 중심으로 대소 수십 개의 문파가 참여한 제마
련이 탄생하고, 마교와 한패인 자하부를 무림의 공적으로 선
포했다는 소식은 살극달의 실종과 조빙빙의 죽음에 비하면

약과였다.

한데 살극달이 멀쩡한 모습으로 돌아왔고, 조빙빙은 비록 적의 수중에 떨어졌을망정 아직은 살아 있었다.

독고설란은 벼랑 끝에서 한 가닥 희망을 발견한 것 같았다. 살극달과 수라마군 사이에 무슨 일이 있었는지는 모른다. 어찌하여 조빙빙까지 나서서 수라마군을 도우려 했고, 급기야 목숨을 잃을 뻔한 일까지 겪었는지는 알 수가 없다.

아마도 짧은 시간에 설명할 수 없는 사연이 있으리라. 하지만 살극달과 조빙빙이 그랬을 때는 분명히 이유가 있을 것이다. 수라마군은 믿을 수 없지만 살극달과 조빙빙은 믿는다. 하늘이 무너져도 두 사람이 불의(不義)를 행했을 거라고는 생각하지 않는다.

중요한 건 이제부터다.

제마련의 대병력을 이끌고 자하부로 진격 중이라는 소식을 접한 지가 벌써 사흘 전, 머지않아 자하부는 과거에도 없었고 앞으로도 없을 전쟁을 치러야 하리라.

그러나 두렵지 않았다.

살극달이 건강한 모습으로 돌아왔으니 적들로부터 조빙빙을 구출하고 자하부도 지켜줄 거라는 믿음이 있었다.

야만의 전사 오백으로 일만의 마병을 몰살한 장본인이 아닌가. 그가 어떤 능력을 지녔는지는 독고설란을 비롯해 자하부의 사람들이 가장 잘 안다. 살극달은 반드시 자하부를 지켜 줄 것이다. 목을 축일 겨를도 없이 땀에 흠뻑 젖은 몸으로 회의를 소집한 것도 그것 때문이 아니겠는가.

"제가 뭘 하면 되죠?"

"자하부를 버리십시오."

"......!"

독고설란의 눈이 튀어나올 듯 커졌다.

이자담, 궁즉통을 비롯해 오당의 당주들까지 얼굴이 하얗게 질려 버렸다. 자하부를 버리라니. 제마련이 자하부로 향한다는 소식을 듣고 태풍 속에 던져진 어부들처럼 당황하고 있던 차에 살극달이 돌아와 환호성을 질렀더니 자하부를 버리라고?

살극달은 얼어버린 독고설란을 직시하며 또박또박 말을 이었다.

"입수한 정보에 따르면 이틀 전 제마련의 병력을 실은 수백 척의 배가 의빈(宜賓)을 지났습니다. 늦어도 오늘 밤이면 선위(宣威)를 지날 것이고 내일 아침쯤이면 귀양부 외각에 당도할 것입니다."

"의빈? 오강(烏江)으로 빠지는 것이 아니라 조강(條江)까지 거슬러 올라왔단 말인가요?"

오강은 장강을 타고 서쪽으로 향하다 사천의 부릉(涪陵)에서 대륙의 아래쪽으로 뻗은 지류다. 장강에 견주어 지류라고 는 하나 폭이 십 리가 넘는 큰 강이다. 바로 그 오강을 타고 이백 리쯤 내려오다 육로로 갈아타면 이틀 안에 귀양부의 서 북쪽 외각까지 닿을 수 있었다.

반면 조강은 부릉에서도 이틀이나 장강을 거슬러 오른 다 음 대류의 남쪽으로 굽이진 의빈에서 지금까지와는 반대로 동쪽을 향해 갈라지는 지류다.

오강을 타면 이틀이나 절약할 수 있음에도 불구하고 굳이 천 리 넘게 거슬러 올라 조강을 타는 것은, 일단 배에서 내리 면 하루 만에 귀양부에 닿을 수 있기 때문이었다.

전체적으로 보자면 하루 정도 돌아오는 셈이지만 대신 병 사들의 체력 소모를 최소한으로 줄일 수 있었다.

압도적인 숫자로도 모자라 체력과 사기가 충만한 적들을 상대해야 하는 독고설란으로서는 머릿속이 하얘지는 것 같았 다.

죽은 뇌정신군이 상로를 확보하기 위해 수운이 편리한 곳 에 뿌리를 내렸더니 그게 오히려 적의 침략을 용이하게 만들 어 버린 것이다.

보다 못한 이자담이 나섰다.

"진정 다른 방법은 없겠소? 귀공에게는 이곳이 그저 하나 의 장원에 지나지 않을지 모르나 우리에겐 그야말로 삶의 터

전과도 같은 곳이오. 특히 부주께는 서거하신 뇌정신군과의 추억이 구석구석 서려 있는 곳이오."

궁즉통도 한마디 거들었다.

"이 원로의 말씀을 새겨주시오. 외인들은 잘 모르겠지만 오늘의 자하부가 있기까지 적지 않은 희생과 고난이 있었소. 그들이 흘린 피를 헛되이 만들어 버릴 수는 없는 일이오."

"정말 너무들 하네요."

갑자기 목소리를 높인 사람은 장자이였다.

그녀는 이자담과 궁즉통을 노려보며 거침없이 말을 쏟아냈다.

"어떻게 살 공자가 자하부를 남의 문파처럼 여기고 희생을 헛되이 여긴다고 생각할 수 있죠? 그가 이리로 온 건 바로 여러분을 구하기 위해서라고요. 아닌 말로, 그가 자하부를 남처럼 생각했다면 멸문지화를 당하든 말든 무슨 상관이에요."

장자이는 이어 독고설란을 향해서도 독설을 퍼부었다.

"석단룡이 자하부를 무림의 공적으로 선포한 게 살 공자 때문이라고 생각하신다면 큰 오산이에요. 일이 이 지경이 된 근본적인 시작점은 바로 선대인이신 뇌정신군께서…… 읍!"

갑자기 장자이의 입을 틀어막은 사람은 매상옥이었다. 살 극달이 슬쩍 곁눈질하자 매상옥은 고개를 끄덕이고는 장자이를 질질 끌고 나갔다.

"이거 봐."

"잔말 말고 따라와."

장자이가 잘라먹은 마지막 말의 의미를 알지 못하는 이자담과 궁즉통 등이 살극달을 응시했다. 무언가 그에 대한 설명이 나올까 해서였다. 하지만 굳게 다물어진 살극달의 입은 도통 열릴 줄 몰랐다. 잠시 침묵이 흐른 후 독고설란이 말했다.

"언제까지 준비를 마치면 되나요?"

"해가 지는 대로 곧장 떠납니다."

지금이 아침인지라 해가 떨어지기까지는 한나절 이상의 시간이 남아 있었다. 그렇다고 해도 무리였다. 원행을 떠나도 며칠의 준비가 필요한 법인데 하물며 일개 문파가 통째로 피난을 가는데 어찌 한나절 만에 준비를 마친단 말인가.

"비록 성세가 약화되었다고는 하나 자하부는 귀주성제일의 문파예요. 문도만도 천 명에 육박하는. 오늘 중으로 그들 모두를 이끌고 떠나는 건 불가능해요."

독고설란이 목소리를 높였지만 살극달에겐 씨알도 먹히지 않았다. 살극달은 독고설란의 생각이나 의견 자체를 철저히 묵살했다.

"상황을 직시하십시오. 적은 우리의 입장을 헤아려 주지 않습니다. 최소한 반나절의 여유를 두어야 추격당하지 않고 무사히 남만으로 들어갈 수 있습니다."

"남만으로… 간다고요?"

"중원을 통틀어 그들로부터 안전한 곳은 남만밖에 없습니다. 자하부에서 차지하는 지위의 경중과 무공의 정도를 따져 중요한 인물 백 명만 골라내십시오. 그들만 이끌고 갈 겁니다."

"나머지 구백 명은 어쩌고요?"

"약간의 재물을 나눠 준 후 해산시키십시오. 강호의 이목이 있으니 제마련도 그들에게까지 보복을 하지는 못할 겁니다. 더는 변명을 듣지 않겠습니다."

"알았어요."

독고설란이 풀 죽은 목소리를 냈다.

살극달의 태도가 워낙 완강해 독고설란은 감히 항거할 생각이 들지 않았다.

전란의 고난을 겪는다고는 하나 모두가 하나로 뭉쳐 있기만 하다면 어디서든 다시 재건할 수 있다. 반면 가솔들을 모두 내보내 버리면 자하부는 그야말로 공중분해 되는 것이다.

어쩔 수 없었다.

살극달이 저렇게까지 완고하게 나올 때는 그만한 이유가 있으리라.

"짐은 어느 정도로 꾸려야 하나요?"

"개인마다 가장 잘 다룰 수 있는 병기 하나와 열흘치의 식량, 그리고 재물은 챙길 수 있는 만큼 챙기라고 하십시오."

"알겠어요."

살극달은 다시 궁즉통을 돌아보며 물었다.

"당장 쓸 수 있는 활과 화살이 얼마나 있소?"

"강궁 삼백 자루가 있고 화살은 오천 발 정도가 있소이다."

"마차 한 대를 따로 준비해 활 백 자루와 화살 전부를 실은 다음 식량으로 위장하시오. 나머지 이백 자루는 태워 활과 화살이 있었다는 흔적을 아예 없애시오. 그리고 재물이 얼마가 들어가든 천잠사를 구할 수 있는 만큼 구하시오."

"천잠사는 왜……?"

"지금은 일일이 설명해 줄 시간이 없소."

영문을 알 수 없는 궁즉통은 잠시 의아한 표정을 짓다가 대답했다.

"알겠소."

"다들 서두르시오."


*　　　*　　　*


운남과 사천의 경계를 따라 동쪽으로 흘러가는 조강은 폭 오십여 장의 좁은 강이었다. 초목이 잎을 떨어뜨리는 계절이라고는 하나 지리적으로 남만에 가까운 탓에 양쪽 강변에는 무성한 가지를 늘어뜨린 교목들이 즐비했다. 덕분에 강은 마치 숲 한가운데로 난 기다란 동굴 같았다.

바로 그 조강에 때아닌 대선단이 일렬로 늘어선 채 달리고 있었다. 끝이 보이지 않을 정도로 늘어선 배의 숫자는 어림잡아도 이백여 척에 달했다.

바닥과 갑판을 평평하게 만들어 선적률을 최대로 높인 초마선(哨馬船)에는 세곡과 말 대신 사람이 콩나물시루처럼 빽빽하게 들어앉아 있었다. 그 숫자 역시 척당 사오십은 되어 보였다. 그야말로 미어터질 것 같았다.

자하부를 치러 가는 제마련의 선단이었다.

애초 수전을 치르는 것이 목적이 아니었기에 석단룡은 병력 수송에 용이한 배를 주문했다. 이에 교룡방과 수로맹은 폭이 좁고 구불구불 이어지는 강이 많은 강남의 지형적 특징을 고려, 작으면서도 선적률이 높은 세곡 운반선을 징발하다시피 모았다. 그게 지금과 같은 풍경이 만들어지게 된 이유였다.

선단의 가장 앞쪽에는 검은 배 한 척이 대열을 이끌고 있었다. 교룡방의 흑룡선이었다. 전날 경항운하에서 혼세마왕이 쏜 화포에 맞아 터져 나갔던 용두(龍頭)는 훨씬 크고 튼튼한 것으로 교체된 상태였다.

흑룡선에는 제마련의 초대련주인 석단룡을 비롯해 동악뇌

성 이종학, 교룡방의 방주 철목단 외에도 여타의 수뇌부들이 타고 있었다.

한데 제마련과 하등의 관계가 없으면서도, 또한 흑룡선과는 비교도 할 수 없을 만큼 화려한 전선을 소유했으면서도 함께 탄 한 사람이 있었다.

그가 바로 장강수로맹의 맹주인 장강어룡(長江魚龍) 노독환이었다. 그는 선천적으로 차가운 피를 가진 냉혈한이었으며 언월도 한 자루로 십대고수의 반열에 든 입지적인 인물이었다.

그는 이번 원정에 이십 척의 배에 일천에 이르는 수적들을 싣고 왔다. 표면적으로야 마도의 잔당을 척결하는 데 동참하는 것이지만 석단룡이 향후 장강을 기반으로 한 각종 이익에 관한 우선적인 권리를 인정하는 조건으로 장강어룡을 움직였음을 모를 정도로 순진한 사람은 없었다.

제운학은 흑룡선의 뒤쪽, 제검성의 무인들만 태운 배 위에서 흑룡선 위의 풍경을 차가운 시선으로 바라보고 있었다. 저 갑판 아래에 조빙빙이 갇혀 있었다. 그때 한동휘가 곁으로 다가왔다.

"빙빙은?"

"여전히 한마디도 하지 않고 있다고 합니다."

"접촉은?"

"경비가 워낙 삼엄해 직접 만나실 수는 없을 듯합니다."

난감하기 짝이 없는 일이었다.

아버지를 포함해 패주들의 죽음에 관한 모든 열쇠를 그녀가 지니고 있었다. 그걸 떠나 조빙빙이 결박을 당한 채 갇혀 있는 상황을 제운학은 용납할 수가 없었다. 이건 자신에 대한 모욕이기도 했다. 어쩌면 석단룡은 자신에게 경고를 하고 있는 것이 아닐까?

함부로 따지고 들 수도 없었다.

이홍립과 철목단에 이어 신비루의 루주인 동악뇌성이 가세하더니 어느 순간부터는 청룡십우들 전체가 석단룡을 지지하고 나섰다.

이런 상황에서 아무런 대책도 없이 조빙빙과의 접견을 주장했다가는 원수의 처지를 동정했다는 이유로 역도로 몰릴 판이다.

자신이 오래전부터 조빙빙을 마음에 두고 있었다는 걸 사람들이 알기에 더 그랬다. 이럴 때일수록 숨 쉬는 것조차 조심해야 한다.

제운학은 고개를 돌려 석단룡을 바라보았다.

운중각의 연공실에서 보름을 요상한 후 나온 그는 어딘가 많이 달라졌다. 눈동자는 별처럼 반짝였으며 피부는 어린아이의 그것처럼 맑아졌다. 하얗게 세었던 귀밑머리도 몰라보게 검어지고 있었다.

'대체 무슨 일이 있었던 것인가?'

"그리고 서거하신 성주께서 당한 독의 정체를 알아냈습니다."

한동휘가 말했다.

천천히 고개를 꺾는 제운학의 눈동자에 살기가 맺혔다.

"무엇이었나?"

"혹 요랑초라는 식물을 아십니까?"

"요랑초?"

"저도 이번에 새로 알게 되었습니다. 오래된 무덤에서 극히 드물게 자라는 요초인데 식물 주제에 암수의 구별이 있을 정도로 기이한 놈입니다. 여기서 핀 꽃을 요랑화라고 하지요. 한 번 꽃을 피우면 그 독기로 말미암아 근동 십 리 안에 있는 동물의 씨가 마른다는 절독 중의 절독이죠. 워낙 귀한 독초인지라 묘강오독문에도 몇 포기 없다고 합니다. 인공으로 증식하려고 해도 실패할 확률이 높아 십 년에 대여섯 포기 정도 얻는 게 고작이라고 하더군요."

"확실한가?"

"향기를 맡으면 심장에서 먼 부위의 근육부터 천천히 마비되다가 결국엔 손가락 하나 까딱할 수 없는 지경에 이르지요. 근육의 마비는 내부로도 이어져, 장기가 하나둘씩 멈추고, 피의 흐름이 멈추고, 숨이 멈추고 결국에는 죽음에 이릅니다. 성주의 주검에 나타난 증상과 완벽히 일치합니다."

제운학의 눈동자에서 열기가 뻗어 나왔다.

직접적인 사인은 심장을 파고든 창이었지만 그전에 중독으로 사지를 쓸 수 없었던 것이다. 독이 아니라면 천하의 누가 천하삼검 중 하나인 북두검군 제종명을 그렇게 처참하게 죽일 수 있으리오.

"한데 독의 종류를 추적하던 중 한 가지 이상한 정황을 포착했습니다."

"그게 뭐지?"

"삼 년 전 상선을 이끌고 동해로 내려왔을 때 해백(海伯)이 이끄는 십여 척의 해적선단을 만나 사로잡혔던 일을 기억하십니까?"

기억하다마다.

제운학은 그때 조빙빙을 처음 만났다.

바다 위에서 우연히 만난 조빙빙이 이끄는 선단과 만난 제운학은 힘을 합쳐 필사적으로 저항했지만 소나기처럼 퍼붓는 포탄을 당해내지 못해 결국 사로잡혔고 사흘 밤을 함께 보낸 끝에 겨우 탈출할 수 있었다.

아마도 그때부터 조빙빙을 마음에 두었을 것이다. 한데 까마득한 옛날 얘기는 왜 갑자기 꺼내는 것일까?

"후일 서거하신 성주께서 복수를 하겠다며 해백의 본거지를 찾아 나선 일이 있었죠. 한데 본거지를 찾고 보니 해백을 비롯해 해적들이 모조리 죽어 있었죠. 그때 배를 갈라보니 그들의 장기 또한 딱딱하게 굳어 있었습니다."

해백이 죽고 난 후에도 해적은 계속 생겨났다. 제검성은 동해로의 진출을 접었지만, 제운학은 함께 여행을 하고 싶은 마음에 조빙빙에게 가끔 해적을 소탕하러 가자며 농담을 하곤 했었다.

어쨌거나 한동휘의 말은 아버지를 죽음에 이르게 한 독이 요랑초이고, 삼 년 전 제검성이 동해에 진출하려고 했을 때 그걸 막아선 해적들 역시 요랑초에 죽임을 당했다는 것이다. 대체 그 두 사건이 무슨 연관이 있다는 말인가.

"이상하지 않습니까? 제검성이 상단을 이끌고 동해로 나갔을 때 해적들은 어떻게 알고 찾아왔을까요?"

"하고 싶은 말이 뭐야?"

"제검성의 영향력이 커지는 걸 두려워한 누군가가 해적을 움직여 막아섰고, 그 후 성주께서 해백을 치기 위해 몸소 출정을 하시자 배후가 밝혀질 걸 두려워한 누군가가 해적을 몰살했다면 어떻습니까?"

이런 경우 보통의 사람들은 턱도 없는 말이라고 일축할 것이다. 하지만 백백궁의 혈사 이후 경쟁적으로 덩치를 불려온 십패는 물밑에서 그렇게 서로를 속고 속이며 쟁탈전을 벌여왔다. 적어도 무림에서는, 특히 십패들 사이에서는 전혀 이상할 것이 없는 일이다.

그렇다면 제검성이 동해에 진출했을 때 가장 피해를 볼 문파의 소행이라는 것인데, 어디가 있을까? 당연하게도 석가장이다. 강동지방을 석권하고 있는 석가장이야말로 제검성의 동해 진출을 가장 두려워했다.

"더욱 정확한 물증이 있어야 해."

"십 년 전 한 사람이 묘강오독문으로 찾아와 금 일천 냥을 주고 암수 요랑초 두 포기를 구해갔습니다. 그리고 십 년 후 그는 당문에서 모습을 드러냈죠."

"그가 누구인가?"

"십지신수 여일몽입니다."

"……!"

그 순간, 수하 하나가 다가와 보고했다.

"제문파의 존장들은 모두 흑룡선으로 집결하라는 련주의 명령이 있었습니다."

\*        \*        \*

제운학이 도착했을 때는 제마련의 수뇌부들이 모두 모여

있었다. 련주 석단룡을 중심으로 좌우에는 군사직을 맡은 철목단과 유일한 원로인 이종학, 총관직을 수행하게 된 이홍립이 있었고 멀지 않은 곳에 장강어룡 노독환이 몇 명의 채주들과 함께 초빙객의 신분으로 앉아 있었다. 그 외 청룡십우를 비롯해 제문파의 고수들을 이끌고 온 이런저런 사람들이 있었다.

모두가 모이자 조철건이 말을 했다.

"광동진가에서 전서구를 보내왔는데, 오늘 아침 살극달과 독고설란이 모든 문도를 이끌고 자하부를 떠났습니다. 시간상으론 반 시진쯤 전입니다."

제마련이 자하부를 친다는 소식을 듣고 가장 먼저 동참 의사를 밝혀온 곳은 광동진가였다. 그들은 진작부터 귀양부에 사람을 급파, 자하부의 동태를 면밀히 관찰하는 한편 운남과 귀주 전역에 걸친 그들만의 연락망을 통해 은밀히 제마련에 보고를 하고 있었다.

"하하하, 뇌정신군이 지하에서 통탄하고 있겠군. 피땀으로 일군 자하부가 하루아침에 폐가가 되어버렸으니 말이야."

이홍립이 앙천 광소를 터뜨렸다.

"자하부를 버리는 결단을 내릴 줄이야. 역시 대범한 놈이야."

석단룡이 조용히 읊조렸다.

보름 전 이종학이 뇌궁대를 이끌고 살극달과 수라마군을 추격했지만 놓쳤다. 이종학이 누구인가? 구패의 일인이자 천하제일의 궁술을 지닌 거물이 아닌가. 그런 고수가 직접 추격을 하고도 중상을 입고 도주하는 살극달과 수라마군을 놓쳤다. 그야말로 연기처럼 사라져 버린 것이다.

그 후, 석단룡은 혈사가 벌어졌을 당시 정체를 알 수 없는 거지들이 석가장 주변에서 얼쩡거렸다는 첩보를 입수했다.

이종학이 살극달을 놓친 것과 거지의 출현을 연관지어 철목단은 개방이 개입했음을 직감적으로 알아차렸다. 개방이 살극달을 빼돌렸다면 어디로 데려갔을까?

대륙을 통틀어 요랑화의 독을 해독할 수 있는 곳은 없다고 해도 과언이 아니다. 하지만 그 가능성이 조금이라도 있는 곳을 꼽으라면 단 한 곳밖에 없었다.

바로 사천당문이다.

해서 석단룡은 휘하의 인물들을 당문으로 급파, 동태를 살폈다. 처음엔 전혀 알 수가 없었다. 당문이 평소와 다름없이 고요했기 때문이었다.

하지만 보름이 지난 후 일단의 무리가 야음을 틈타 당문을 빠져나오는 정황을 포착했고, 장강에 이르러 그들이 살극달 일행이라는 걸 확인했다.

예상대로 살극달은 자하부로 향했다.

그럴 수밖에 없었다.

살극달을 유인하기 위해 자하부로 진격을 했으니까. 한데, 여기서 돌발상황이 발생했다. 살극달이 문도를 통째로 이끌고 자하부를 떠나 버린 것이다.

"놈은 지금 어디로 향하고 있는가?"

철목단이 물었다.

무언가 이상한 느낌이 드는 듯한 표정이었다.

"정확한 위치는 알 수 없습니다. 다만 계속해서 남쪽으로 향하는 것으로 보아 남만으로 들어가려는 것 같습니다."

"남만?"

석단룡의 얼굴이 딱딱하게 굳었다.

곁에 있던 수뇌들의 표정도 같았다.

모두 같은 생각을 하고 있었던 것이다.

"흑수하!"

흑수하의 강변은 우거진 밀림과 수천 년을 이어온 늪, 그리고 미지의 독충들로 가득한 절대 사지다. 살극달은 십여 년 전 바로 그곳에서 야만의 전사 오백으로 중원의 그 어느 문파도 막지 못한 일만의 마병을 흑수하의 강물에 쓸려 보내는 압승을 거두었다.

놈은 그곳으로 자신들을 유인하고 있는 것이다. 자하부의 문도들을 모두 이끌고 이동을 한 것도 바로 그것 때문이다.

혹수하로 들어가면 승부를 장담할 수가 없다.

놈들이 남만으로 들어가기 전에 잡아야 한다!

"놈들과의 거리가 얼마나 떨어져 있지?"

철목단이 다시 조철건에게 물었다.

"이십 리 정도입니다."

"육로로 갈아탔을 경우 예상되는 추격 시간은?"

"피아가 말을 탈 수 없는 상황을 고려하더라도 두 시진이
면 족히 따라잡을 수 있을 겁니다."

다급하게 묻던 철목단이 석단룡을 돌아보며 말했다.

"두 시진이면 놈들은 이미 사자림(死者林)의 초입을 바라보
고 있을 겁니다."

"사자림?"

석단룡이 궁금한 표정을 지었다.

강동지방에서 활동한 그는 대륙의 서남쪽에 위치한 운남
과 귀주의 지리에 대해 해박하지 않았다.

"귀주의 남쪽 광서와 경계지대에 자리한 광활한 숲이죠.
숲에 들어갔다가 길을 잃고 죽은 혼령이 가득하다는 뜻에서
그렇게 부릅니다. 혹수하는 바로 그 사자림을 관통하며 흐르
죠. 놈들이 사자림으로 들어가 버리면 골치 아파질 겁니다."

이쪽은 일만에 달하고 저쪽은 겨우 오백이다.

평야에서라면 일만과 오백의 싸움이 상대가 될 리 없었다.

하지만 숲이라면 다르다. 적은 쪽이 기동력을 발휘해 치고 빠지는 작전을 취한다면 여간 피곤하지 않을 것이다.

혼세마왕이 이끄는 일만마병이 바로 그 작전에 걸려 몰살을 당하지 않았던가.

"사자림은 나도 들어본 적이 있소. 설사 놈들이 흑림에 들어간다 한들 우려할 일이 아니오. 일만의 병력으로 천라지망을 펼친 채 포위망을 좁혀가면 제아무리 사자림이라고 해도 놈들을 잡지 못할 이유가 없소."

말을 한 사람은 장강수로맹의 맹주 노독환이었다. 그가 이처럼 자신있게 말을 하는 데는 그만한 이유가 있었다.

타고난 무광(武狂)에 제 힘으로 십대고수의 반열에까지 든 그인지라 아직까지 제대로 된 적수를 만나본 적이 없었다. 하물며 일만에 달하는 대병력까지 이끈 상황에서 겨우 오백을 상대로 이런 우려를 하는 것이 그는 이해가 되지 않았다.

"그가 전쟁의 신 노룡이라는 것을 잊지 말아야 할 것입니다."

철목단이 말했다.

"철 방주께서 무얼 걱정하는지는 알겠으나 달리 방법도 없잖소?"

"그렇지 않을 수도 있습니다."

갑자기 말을 자르고 들어온 사람은 석일강이었다. 사람들

의 시선이 모두 석일강을 향했다. 석단룡이 사람들을 대신해
물었다.

"달리 묘안이 있는 것이냐?"

"운남과 광서에 걸쳐 수많은 지맥을 거느린 산맥이 하나
있습니다. 워낙 험지라 사람들의 발길이 닿지 않는 곳이지만
그곳을 타면 시간이 절반으로 단축됩니다. 내일 아침이면 놈
들과 조우할 수 있습니다."

"네가 그걸 어찌 아느냐?"

"일전에 모종의 일로 그 길을 지난 적 있습니다. 그때 길잡
이로 삼았던 묘족 사냥꾼이 가르쳐 주었지요."

"일만의 병력이 이동하는 길이다. 실수가 있어선 안 될 것
이야."

"그 길은 저만 아는 게 아닙니다."

석일강이 제운학을 가리키며 말했다.

사람들의 시선이 일시에 제운학을 향했다.

석일강의 말에 대한 의견을 구하는 눈빛이었다.

제운학은 짧고 간단하게 말했다.

"석 형의 말이 맞습니다."

석단룡은 흡족해진 얼굴로 곁의 사람들을 돌아보며 물었
다.

"어떻게들 생각하시오?"

모두 고개를 끄덕였다.

이홍립이 한마디를 보태 방점을 찍었다.

"하하하. 적들에겐 날벼락이 되겠군요."

第九章

다시, 자하부를 떠나다

먹구름이 가득한 밤이었다.

만월이 떴지만 구름 밖으로 얼굴을 내미는 경우는 좀처럼 드물었다. 거기에 더해 숲으로 들어가자 사위는 칠흑처럼 어두웠다.

귀양부에서 광서의 사자림으로 향하는 길은 거칠기 짝이 없었다. 느닷없이 솟아나 앞을 막아서는 산악과 언제 어디서 나타나 길을 끊어놓을지 모르는 수로는 그렇지 않아도 힘든 발걸음을 더욱 무겁게 했다.

"빙빙은 무사하겠죠?"

독고설란이 물었다.

숲과 동화되기 쉽도록 녹의경장에 검 한 자루를 등에 멘 그녀의 얼굴은 창백하기 짝이 없었다. 자하부를 버리고 떠나는 상실감에 조빙빙에 대한 걱정까지 더해진 탓이었다.

"내가 살아 있는 한 그녀도 죽지 않을 겁니다."

살극달이 대답했다.

짧은 한마디에서 독고설란은 무한한 신뢰를 느꼈다. 살극달이라면 무슨 일이 있어도 조빙빙을 지켜줄 것이다. 하지만 의지와 그것을 할 수 있느냐는 다른 문제였다.

"다시 돌아올 수 있을까요?"

독고설란이 화제를 돌렸다.

"물론입니다."

"언제쯤 돌아올 수 있을까요?"

독고설란이 반색을 하며 물었다.

하지만 이어지는 살극달의 대답은 고개를 갸우뚱하게 만들었다.

"저 달이 지기 전에 우리는 돌아갈 겁니다."

그때 갑자기 전방의 숲으로 한 사람이 튀어나왔다. 놀란 매상옥이 황급히 쌍검을 뽑아 들고 달려갔다.

"멈춰!"

살극달이 말했다.

매상옥은 말 잘 듣는 아이처럼 우뚝 멈추었지만 괴인을 향한 긴장만큼은 늦추지 않았다.

괴인은 거지였다.

본래도 후줄근한 차림인데다 다급하게 달려왔는지 얼굴이 온통 나뭇가지에 긁혀 생채기투성이였다.

"어느 분이 살극달이오?"

거지가 물었다.

살극달이 한 걸음을 나섰다.

거지는 후다닥 살극달에게 다가오더니 가쁜 숨을 몰아쉬며 말했다.

"방주의 명을 받고 급히 귀하에게 진언을 전하기 위해 왔소. 반 시진 전 제마련의 병력이 배를 버리고 육로를 택했소. 한데 예상했던 경로가 아니오. 운남과 광서에 걸쳐 뻗은 산맥이 하나 있는데, 어찌 된 영문인지 일만이나 되는 병력 모두가 그 산맥으로 들어갔다고 하오."

제마련에게 광동진가가 있다면 살극달에겐 개방이 있다. 광동진가의 정보력을 어찌 개방의 그것에 견줄 것인가. 살극달은 제마련과 광동진가의 움직임을 손금처럼 보고 있었다.

"대체 그 산맥이 어디죠?"

장자이가 물었다.

"애뇌산맥(哀牢山脈)이야."

살극달이 말했다.

사람들의 시선이 모두 살극달을 향했다.

"운남, 귀주, 광서 일대를 오가는 묘족 사냥꾼들이 사용하는 지름길이 있어. 험준한 구석이 있기는 하지만 그 길을 통하면 우리보다 앞서 사자림에 도착할 수 있지."

살극달의 말에 검노를 비롯한 장곡산, 소군악, 장자이, 매상옥과 일백의 문도를 이끌고 온 독고설란, 이자담, 궁즉통 일행은 망치로 뒤통수를 맞은 듯한 충격을 느꼈다.

사자림에만 들어가면 놈들을 따돌릴 수 있다는 생각에 지금껏 길을 재촉했는데, 이렇게 되면 추월을 당하는 셈이 아닌가.

"옆구리를 치고 들어올 생각이군."

이자담이 말했다.

"아니오, 그게 아니야."

궁즉통이 말했다.

"무슨 말이냐?"

"옆구리를 치는 게 아니라 사자림에서 매복을 한 채 우리를 기다릴 수도 있소. 그도 아니면 천라지망으로 우리를 둘러싼 상태에서 총공격을 감행할 수도 있고."

"빌어먹을!"

이자담을 시작으로 모두가 난감한 표정을 지었다. 이럴 줄 알았으면 죽든 살든 자하부에서 최후의 결전을 치르는 게 나을 뻔했다. 가솔을 모두 내보내는 바람에 일백만 남은 병력으로 어떻게 일만에 달하는 적과 싸울 수 있을 것인가.

수뇌부들의 분위기는 그대로 일반 무사들에게도 전해졌다. 살고자 시작한 피난길이 죽을 장소를 찾아가는 길이 돼버린 터라 다들 침통하기 짝이 없는 표정이었다.

사람들의 시선은 자연히 살극달을 향했다.

애초 가솔을 버리고 피난을 가자고 한 장본인이 바로 살극달이기 때문이었다. 제아무리 신기묘산한 지략을 지닌 그도 이런 전개는 상상도 하지 못했을 것이다.

한데 살극달은 오히려 평온했다.

걱정하기는커녕 올 것이 왔다는 듯 담담했다. 사람들이 의아한 표정을 짓는 사이 살극달이 소군악에게 말했다.

"부탁하오."

소군악이 의미심장한 미소를 지어 보였다.

흑의무복에 검 한 자루를 가슴에 품은 채 씨익 웃는 그녀의 모습은 흡사 유령처럼 섬뜩해 보였다. 한데 더욱 귀신같은 일이 벌어졌다.

그녀가 뒤쪽의 숲을 향해 천천히 고개를 끄덕이자 나무가 무성하던 숲의 영상이 연기처럼 흩어지고 난데없는 바위가 나타났다. 애초 보였던 나무는 가짜였고 바위가 진짜 풍경이었던 것이다.

이 놀라운 광경에 사람들의 입이 쩍 벌어졌다.

'백귀총의 음마둔형술(陰魔遁形術)이 무림의 일절이라 하더니 사실이었군.'

도방의 방주 장곡산이 남몰래 탄성을 삼켰다.

백귀총의 살수들이 멀지 않은 곳에서 남몰래 따라오고 있다는 건 알고 있었지만 이토록 지척에 있었을 줄이야.

'언제 한번 우리 아이들과 붙여봐야겠는걸.'

경공과 잠행술이라면 도방의 대도들도 둘째가라면 서러워할 고수들이었다. 차이가 있다면 도방의 대도들이 은밀히 침투해 무언가를 훔치는 데 특화되었다면 백귀총의 살수들은 은밀히 침투해 누군가를 죽이는 것에 특화되었다. 같으면서도 다른 백귀총의 살수들에게 장곡산은 묘하게 호감이 갔다.

잠시 후, 숲으로부터 무언가가 날아와 사람들 앞에 툭툭 떨어졌다. 도합 일곱 개, 머리카락을 길게 늘어뜨린 채 뒹굴고 있는 그것은 놀랍게도 사람의 머리통이었다.

사람들이 뜨악한 표정을 지었다.

필시 조금 전 사라졌던 백귀총의 살수들 짓이 분명한데 난데없이 웬 머리통이란 말인가.

"이놈들이 전부라는군."

소군악이 살극달에게 보고했다.

아마도 살수들 중 누군가가 소군악에게 그리 보고를 한 모양이었다.

"실수가 없어야 할 것이오."

"백귀총의 이름을 걸지."

"대체 이들이 누구죠?"

장자이가 궁금증을 참지 못하고 물었다.

살극달이 궁즉통을 돌아보며 물었다.

"아는 사람이 있소?"

궁즉통이 영문을 알 수 없다는 듯 다가가더니 죽은 자들의 머리통을 하나둘씩 살폈다. 그러다 한 사람에 이르러 눈이 튀어나올 듯 커졌다.

"이자들은 광동진가의 야조(夜鳥)들이오."

"광동진가의 일은 해결하지 않았소?"

"그때 자하부에서 혈사가 있고 난 후 권룡(拳龍) 진세기는 광동진가로 돌아가 가주가 되었습니다. 하지만 얼마 지나지 않아 이복형인 진세광에게 죽임을 당했죠. 지금은 진세광이 가주입니다. 진세기보다 두 배는 사악하고 대범한 놈이죠. 아비의 죽음에 대한 복수를 하겠다고 공공연하게 떠들고 다니더니 제마련의 주구 노릇을 하고 있을 줄이야……."

사정을 알게 된 사람들의 얼굴은 하얗게 질렸다. 이들이 계속 감시를 했다면 지금까지의 행보가 낱낱이 석단룡에게 보고되었을 것이 아닌가.

그야말로 석단룡의 손바닥 위에서 놀아난 격이었다. 그런 줄도 모르고 피난길을 재촉했던 사람들은 맥이 탁 풀리며 온몸의 힘이 빠지는 것 같았다.

하지만 몇몇 사람들은 뭔가 이상함을 느꼈다.

살극달이 추격자들의 정체를 알고 있었다면 자신들의 행보가 속속들이 전해지는 걸 알면서도 왜 이제까지 살려두었던 것일까?

"부주, 자하부의 무인들에 대한 명령권을 잠시 제게 빌려주시겠습니까?"

살극달이 느닷없는 말을 했다.

독고설란은 뒤를 돌아보더니 이자담과 궁즉통, 오당의 당주들을 비롯해 자하부에서부터 이끌고 온 일백의 고수들을 향해 말했다.

"지금 이 시간부터 자하부의 부주로서 지니는 모든 권리를 살극달 공자에게 이양하겠어요. 그의 명령은 곧 나의 명령이니 충심으로 따라주길 바라요."

"신 이자담 명령을 받들겠습니다!"

"신 궁즉통 명령을 받들겠습니다!"

이자담과 궁즉통을 시작으로 일백의 고수들이 일제히 살극달을 향해 포권을 쥐어 보였다.

살극달은 그들 모두를 아우르며 말했다.

"우리는 사자림으로 가지 않소. 또한, 자하부를 떠나지도 않을 거요."

사람들은 그게 무슨 말이냐는 얼굴로 살극달을 바라보았다. 검노와 장곡산, 소군악을 비롯해 살극달이 이끌고 온 일행 역시 영문을 알 수 없다는 표정이었다.

"지금 즉시 식량과 재물을 모두 버리시오. 소지를 허용하는 건 가장 잘 다루는 병기 하나와 활 한 자루, 그리고 화살 오십 발이 전부요."

살극달은 다시 궁즉통을 바라보며 말을 이었다.

"사람들에게 활과 화살을 나눠 주시오."

"명을 받들겠소."


*          *          *


살극달은 곧장 서쪽으로 달렸다.

검노, 매상옥, 장자이는 행여나 놓칠세라 살극달의 꽁무니에 바짝 붙어서 달렸다. 그들의 뒤에는 독고설란이 이자담과 궁즉통을 비롯해 자하부의 고수 일백을, 다시 뒤에는 장곡산이 도방의 고수 오십을, 또 그 뒤에는 소군악이 귀신같은 살수 삼십 인을 이끌고 따랐다. 이렇게 많은 사람이 일렬로 달리는 데는 이유가 있었다.

사위가 깜깜한 밤인데다 숲이었다.

길도 없는 숲을 달릴 때는 누군가 길잡이가 되어주지 않으면 길을 잃고 헤매기 십상이었다.

인적이 드문 숲길을 경공을 펼쳐 전속력으로 달리는 것은 고문이나 다름없었다. 얼굴에 쉴 새 없이 회초리질을 하는 나뭇가지는 둘째치더라도 느닷없이 나타나 앞을 가로막은 산과 수로는 발걸음을 더디게 했다.

특히 당문에서 얻은 철구 두 개를 가죽 부대에 짊어지고 달리는 검노는 죽을 맛이었다.

박룡구(拍龍毬)라 이름 붙인 이 철구는 본시 성벽을 부수는 공성병기의 추(錘)로 무게만도 백 근에 육박한다.

거기에 더해 낭아(狼牙), 즉 이리의 이빨같이 날카로운 철심 수백 개를 박아놓아 누구든 한 방이라도 맞으면 맞은 부위가 형체를 알아볼 수 없도록 찢겨 나갈 판이다.

당문에서 우연히 박룡구를 발견하는 순간 검노는 그 흉성과 위압감에 매료되어 '왔다다!' 를 외쳤다. 당문주를 어르고 달래 겨우 박룡구를 얻어내긴 했지만 역시 육중한 무게는 어쩔 수 없었다.

평소 같으면 매상옥에게 떠넘기기라도 하겠지만 지금은 그럴 수도 없었다. 그의 사부인 소군악이 무시무시한 눈으로 지켜보고 있었기 때문이다.

까짓 늙은 살수 나부랭이쯤이야 한주먹에 때려잡을 수 있었지만 그만한 문제로 싸울 수야 없지 않은가. 혹, 싸움이 벌어진다면 확실히 죽여놓아야 한다. 그렇지 않으면 언제 어디서 암습을 할지 모르는데 그건 좀 무서웠다.

"대체 어디로 가는 거야?"

달리는 와중에 검노가 물었다.

놈들이 조강을 통해 자하부로 진격한다고 했으니 굳이 놈들을 만나자면 북서쪽으로 달려야 옳았다. 하지만 살극달은 오히려 서쪽으로 한참을 돌아가고 있었다.

"가보면 아오."

살극달은 전속력으로 달리는 와중에 말을 하면서도 숨 한 번 차지 않았다.

"무슨 꿍꿍인지 모르지만 겨우 이백 명 남짓한 인원으로 일만을 당해낼 수 있다고 생각하느냐?"

"과거에 흑수하에서도 성공한 적이 있었지."

"지금 그 얘기가 왜 나와!"

"촌철로도 사람을 죽일 수 있는 법이오."

"하여튼 잘 갖다 붙인다니까."

"중요한 건 숫자가 아니오. 상대의 급소를 정확히 찾아내 결정적 일격을 가할 수만 있다면 일만이 아니라 십만이라고 해도 무너뜨릴 수 있소."

"결정적 일격? 그게 뭔데?"

"심리적 빈틈이지."

"뭔 소리야?"

"두고 보면 아오."


울창한 숲을 한나절 정도 달렸을까?

갑자기 숲이 사라지고 시야가 트이는가 싶더니 천 길 낭떠러지가 앞을 가로막았다.

그건 거대한 협곡이었다.

울창한 숲을 번개처럼 가르고 지나가는 협곡은 시작과 끝을 알 수 없을 만큼 길었다.

협곡은 말라 있었다.

우기 때는 세상을 쓸어버릴 것처럼 흐르다가도 건기가 되면 거짓말처럼 바닥을 드러내는, 이른바 건천(乾川)이었다.

하지만 물이 있건 없건 협곡을 건너는 일은 쉽지 않을 것 같았다. 도끼로 찍은 듯 수직으로 깎아지른 낭떠러지 어디에도 협곡 아래로 내려갈 만한 길이 보이지 않았기 때문이었다.

설혹 내려간다고 해도 협곡을 가로지른 후 맞은편 절벽으로 기어오르는 것도 문제였다. 박룡구와 철전을 포함해서 있는 병장기를 모두 버린다면 불가능한 것은 아니었다. 절벽을 오르는 공부인 벽호공(壁虎功)쯤은 무인이라면 누구나 익히는 잡술에 지나지 않으니까.

하지만 병기를 모두 버리면 무엇으로 일만이나 되는 적들과 싸울 것인가.

"닥치고 따라오라더니 내 이럴 줄 알았지."

검노가 쌤통이라는 듯 고소를 지었다.

"협곡은 건너지 않을 거요."

"어째서?"

"여기가 목적지니까."

"그럼, 놈들이 여기로 온다고?"

검노를 비롯해 사람들이 일제히 협곡의 맞은편에 펼쳐진 광활한 숲을 바라보았다. 적들이 여기로 올 것이라는 살극달의 말을 건너편 숲으로 올 것이라는 말로 해석했기 때문이었다.

하지만 무언가 이상했다.

여긴 조강을 통해 자하부로 오는 길이 아니다. 살극달의 말대로 적들이 이곳을 통한다면 지름길로 온다는 뜻인데, 바보가 아닌 다음에야 이만한 협곡의 존재를 모를 리 없었다.

"설마… 놈들이 협곡을 타고 온다는 말은 아니겠지?"

검노가 살극달을 돌아보며 물었다.

살극달은 대답 대신 협곡의 아래쪽을 침잠하게 응시했다.

사람들의 시선이 모두 살극달이 바라보는 곳을 향했다.

어둠 속에서 십여 개의 횃불이 날아오고 있었다. 자세히 보니 횃불을 든 무인들이 말을 타고 달려오는 중이었다. 그들은 순식간에 살극달 일행이 서 있는 아래까지 접근했다.

"웬 놈들이죠?"

장자이가 물었다.

"척후조야. 전방에 매복이 있는지 살피는 거지."

"우리가 대열에서 이탈해 여기로 올 거라는 걸 아는 건가요?"

"알았다면 겨우 열 명을 척후조로 내보내는 실수 따윈 하지 않았겠지. 저건 병법을 따라 의례적으로 내보낸 척후조일 뿐이야."

살극달의 시선이 다시 척후조가 들어온 협곡의 아래쪽을 향했다. 사람들이 이번에도 살극달을 따라 고개를 돌렸다.

그 순간 사람들은 놀라운 광경을 목격했다.

협곡의 아래쪽 저 멀리 굽이진 곳 너머, 어둠 속으로부터 불빛이 일렁일렁 새어 나오는가 싶더니 잠시 후 끝도 없는 횃불의 행렬이 나타났다.

수많은 횃불이 순식간에 협곡을 가득 채우며 빠른 속도로 달려오는 광경은 흡사 거대한 화룡이 질주하는 것 같았다.

석단룡이 이끄는 일만의 병력이 나타난 것이다.

"말도 안 돼!"

검노를 시작으로 사람들의 입이 쩍 벌어졌다.

석단룡이 이리로 올 거라는 걸 알았던 살극달의 혜안에 탄복했기 때문이었다. 그러고 보니 자하부에서 일백의 고수만 추리라고 한 것도, 사자림으로 떠날 것처럼 위장한 것도, 중간에서 방향을 바꾼 것도 모두가 지금의 상황을 염두에 둔 포석이었다.

사람들은 살극달의 귀신같은 전술에 혀를 내둘렀다. 심지어 저런 괴물을 적으로 돌린 석단룡이 불쌍해질 지경이었다.

"저들이 이리로 올 거라는 걸 대체 어떻게 안 거죠?"

독고설란이 물었다.

"전술의 기본은 상대의 입장에서 생각을 하는 겁니다. 자하부의 전 문도를 이끌고 광서로 향했을 때 석단룡은 내가 사자림으로 향할 거라고 생각했을 겁니다. 사자림에는 흑수하가 있죠."

"십여 년 전 공자께서 흑수하에서 일만의 마병을 몰살했던 일을 떠올렸겠군요."

"우리가 사자림에 도착하기 전에 치기 위해서는 체력소모를 감수하고라도 지름길을 택할 수밖에 없습니다. 그리고 석단룡의 휘하에는 그 지름길을 아는 사람이 몇 명 있습니다."

"심리적 빈틈이로군요."

"정말 귀신같은 솜씨예요. 누구라도 꼼짝없이 속을 수밖에 없었을 거예요."

장자이가 말했다.

중요한 건 살극달이 말한 지름길을 안다는 사람이 누구냐는 것인데, 장자이는 그것에 대해서는 관심이 없었다.

"전쟁은 사기를 잘 친다고 이길 수 있는 게 아니야. 겨우 이백여 명으로 어떻게 일만의 적을 몰살할 건지나 말해봐."

검노가 심드렁하게 말했다.

하지만 어떻게 몰살을 할 거냐는 그의 한마디에서 살극달에 대한 무한한 신뢰를 읽을 수 있었다. 그는 이미 제마련을 이기는 것도 모자라 몰살할 것이라고 생각했던 것이다.

"모두 모이시오."

살극달은 수뇌부들을 모두 집결시킨 다음 지금부터 해야 할 일들을 하나씩 지시하기 시작했다. 이야기가 진행될수록 사람들은 때로는 놀라고 때로는 당황하면서도 결국엔 고개를 끄덕였다.

"그야말로 정교하게 맞물려 들어가는 톱니바퀴와도 같은 작전이군. 내 평생 이처럼 복잡하면서도 대담한 작전을 본 적이 없네. 자네를 두고 사람들이 전쟁의 신이라고 말하는 이유를 이제야 알겠어."

살극달의 설명이 모두 끝났을 때 장곡산이 밝힌 소회였다.

좀처럼 얼굴에 감정을 드러내지 않던 소군악도 놀랍기 그지없다는 표정이었다.

검노는 문득 하고 싶은 말 한 가지가 치밀어 올랐지만 꾹 참았다. 바로 이런 작전에 자신이 당했으며, 그때를 생각하면 지금도 이가 갈리고 치가 떨린다는 것이 그가 하고 싶은 말이었지만, 말해봐야 제 얼굴에 침 뱉기였다.

"중요한 것은 작은 오차조차도 없어야 한다는 것이외다. 단 한 차례의 실수가 전멸로 이어질 수 있다는 것을 명심들 하시오."

그때쯤 척후조가 사라지고 횃불을 든 본대가 백여 장 바깥까지 접근했다.

살극달은 낭떠러지의 가장자리에 섰다.

장엄하게 뻗은 협곡과 그 협곡을 거슬러 올라오는 화룡을 보면서 그는 감회에 젖었다. 이 협곡은 그에게 남다른 의미가 있었다. 남만을 나온 후 지금까지 겪었던 모든 일을 바로 여기서 시작했다.

"여기에 길이 있다는 건 어떻게 알았죠?"

독고설란이 살극달의 곁으로 다가서며 물었다.

"일 년 전 자하부의 누군가가 광서의 바닷가로 향할 때 이 길을 지나갔습니다. 결국은 이곳에서 수하들과 함께 비참한 최후를 맞이했지만."

"설마……!"

"여기가 바로 혈사곡입니다."

*      *      *

애뇌산맥은 운남성의 동남쪽을 좌우로 양분하며 솟은 절산이다. 산세는 험악하고 계곡은 깊었으며 십 리마다 하나씩 솟은 봉우리는 하늘을 찔렀다. 봉우리와 봉우리 사이에는 거대한 골짜기가 아가리를 벌렸고, 온 산은 나이를 알 수 없는 거목으로 끝없이 덮여 있었다.

이처럼 거칠고 험준한 산맥에도 거의 직선에 가까운 길이 하나 나 있었으니 바로 애뇌산맥의 자락을 타고 뻗은 협곡이었다.

굽이굽이 기복을 이룬 산줄기가 백 리에 걸쳐 펼쳐져 있다는 애뇌산의 지맥을 피하다 보니 사람들은 자연적으로 능선보다는 산자락, 산자락보다는 깊게 팬 협곡의 아래를 달리게 되었다.

나무가 무성하고 언제 길이 끊어질지 모르는 산세보다는 건기에 바닥을 드러낸 협곡이 훨씬 달리기 좋았다. 지난봄과 여름에 걸쳐 수마가 한바탕 휩쓸고 간 탓에 마차도 달릴 수 있을 만큼 평평했기 때문이었다.

제마련의 일만 병력은 바로 그 협곡을 달리고 있었다. 하나같이 고된 수련으로 단련된 무인들인지라 일만에 달하는 대병력이 달리면서도 백 명이 달리는 것처럼 빨랐다.

대열의 선두에는 석단룡을 위시한 제마련의 수뇌부들이 말을 탄 채 대병력을 이끌고 있었다. 제운학은 그들과 일정한 거리를 두고 달렸다.

검살십영의 수장 한동휘는 무언가 이상한 느낌을 받았다. 협곡이 어딘가 낯이 익었던 것이다.

도드라진 특징이 있지 않은 한 협곡들은 대개 비슷비슷하게 생겼고, 남만에는 그런 협곡이 수천수만 개나 있다. 특히 초목이 울창한 여름과 그것들이 바싹 말라 버린 겨울의 협곡은 그 분위기가 너무나 달라 항상 다니던 사람도 헷갈리기 십상이다.

하물며 감감한 밤중이라면 두말할 것도 없다.

하지만 이곳은 달랐다.

마치 언젠가 한 번 와본 듯한 느낌이랄까.

그런 생각은 협곡의 심처로 들어갈수록 점점 짙어지다가 좌측의 야트막한 경사지를 보는 순간 확신으로 바뀌었다.

일천 개의 횟불이 밝힌 빛에 의해 희미하게나마 보이는 그것은 누군가가 만들어놓은 수십 기의 무덤이다.

"성주."

한동휘는 제운학의 곁으로 다가가 작은 목소리로 그를 불렀다. 제운학이 슬쩍 곁을 돌아보았다. 한동휘는 좌측의 경사면을 곁눈질로 가리킨 후 다시 말을 이었다.

"아무래도 우리가 아는 장소인 듯합니다."

"알고 있다."

한동휘는 놀라움에 눈을 동그랗게 떴다.

그는 더욱 표정을 심각하게 일그러뜨리며 물었다.

"설마… 우연이겠죠?"

"어떨 것 같은가?"

"찜찜하긴 합니다만 우연이겠죠? 여기까지 오는 동안 놈의 의지가 개입된 적은 한 번도 없었습니다. 모든 건 우리가 결정을 내렸지요."

"우리가 그런 결정을 내리도록 누군가 유도했다면?"

"그게 가능하단 말씀입니까?"

"야만의 전사 오백으로 일만마병을 몰살한 것은 어디 우연으로 가능한 일이더냐."

"그 말씀은……!"

"우연이 아니라는 데 내 몫을 걸겠다."

"……!"

한동휘는 그 어느 때보다 놀랐다.

이곳은 애뇌산을 타고 뻗은 협곡 중에서 폭이 가장 좁고 그늘이 깊어 매복을 하기에 최적의 장소다. 그런 이유로 오래전 청룡십우가 일백의 고수를 이끌고 바로 이곳에서 혈기대의 고수 오십을 몰살하지 않았던가.

제운학의 말이 사실이라면 그때 그 상황이 재현되고 있었다. 달라진 것이 있다면 방어하는 쪽의 숫자가 월등히 많다는 것, 그리고 입장이 뒤바뀌었다는 것 정도였다.

"모두 무장을 점검하고 내 지시가 있기 전까진 절대 나서지 말라고 일러라."

"알겠습니다."

第十章
혈사곡의 전투

적들은 계속해서 협곡 속으로 들어왔다.

일천 개의 횃불로 사위를 밝히며 다가오는 일만의 적을 어둠 속에서 지켜보는 일은 섬뜩하면서도 한편으로는 장관이었다.

낭떠러지의 가장자리에는 독고설란을 위시한 자하부의 무인 일백 명이 강궁에 잰 화살로 발아래의 병력을 겨누고 있었다. 시위는 끊어질 것처럼 잔뜩 당겨진 상태였다.

그들의 시선은 모두 살극달의 입을 향하고 있었다. 말은 않지만 다들 초조한 기색이었다.

그럴 만도 했다.

일백의 무인들에게 지급된 화살의 숫자는 인당 오십 발, 한 발도 낭비 없이 적을 쓰러뜨린다고 해도 최대 이천오백이다.

하지만 백발백중은 절대 불가능하다.

적이 허수아비가 아닌데 화살이 쏟아지는 걸 알아차리고도 가만히 서 있을 리가 없지 않은가. 하물며 무공을 익힌 고수들인 바에야 말할 것도 없다.

결정적으로 자하부의 무인들은 궁술을 깊이 수련하지 않았다. 솜씨가 좋은 자라면 오십 발의 화살로 열 명 정도 쓰러뜨릴 수 있을 것이고, 그렇지 않은 자들은 대여섯 명 정도가 전부일 것이다.

결국 일백의 궁수들이 각기 오십 발의 화살을 쏘아 쓰러뜨릴 수 있는 적의 숫자는 천여 명이 최대치라는 얘긴데 그렇게 해도 여전히 구천여 명이나 되는 적들이 건재하게 된다. 천여 명을 죽이고 구천의 적으로부터 반격을 당하게 되면 살아날 방법이 없다.

높은 곳에서 적을 상대한다는 지리적 이점이 있다고는 하나 결코 구천 명이나 되는 숫자를 압도할 만한 이점은 되지 않는다.

그런데도 살극달은 이 무모한 기습을 감행하려고 한다. 대체 무슨 생각일까? 사람들은 시간이 흐를수록 궁간을 잡은 손에서 식은땀이 흘러내리는 것을 느꼈다.

그때쯤 적 대열의 선두가 발아래를 지나가고 있었다. 횃불을 대낮처럼 밝힌 선두의 무리 속에 말을 탄 석단룡이 보였다. 그로부터 몇 걸음 떨어진 뒤쪽에는 동악뇌성 이종학과 교룡방주 철목단, 금적문주 이홍립, 장강수로맹의 맹주 노독환, 그리고 화려한 복장으로 한껏 멋을 낸 석일강이 어깨를 나란히 한 채 따르는 것이 보였다.

다시 그들에게서 약간 떨어진 후방에는 조철건과 호법당의 삼엄한 경비를 받으며 끌려가는 여자가 보였다. 두 손을 포박당한 채 말을 탄 그녀는 협곡 위의 사람들이 익히 아는 인물이었다.

"빙빙……!"

독고설란은 저도 모르게 신음했다.

그녀가 살극달을 돌아보며 물었다.

"지금이 가장 가까운 거리예요."

"기다리십시오."

살극달은 독고설란을 돌아보지도 않고 대답했다. 그의 시선은 줄곧 협곡의 아래의 어느 지점을 향한 채 떠날 줄 몰랐다. 무심결에 살극달의 시선이 향한 곳을 바라보던 독고설란은 놀라운 광경을 목격했다.

적 대열의 선두가 협곡이 삼킨 어둠으로 들어가는 게 아닌

가. 달이 등 뒤에 떠 있는 상태에서 상대적으로 폭이 좁은 협
곡지대에 그늘이 만들어진 것이다. 그늘 속으로 들어서면서
적들이 밝힌 횃불은 더욱 밝아졌다.

이유를 알 수는 없지만 살극달은 저들이 저 그늘 속으로 진
입하기를 기다리고 있었다. 이윽고 적 병력의 삼 할 정도가
그늘 지대로 들어섰다.

그때, 살극달이 철전 한 발을 시위에 재었다. 제 키에 육박
할 정도의 강궁이 눈 깜짝할 사이에 부러질 듯 휘었다. 궁간
을 수평으로 가르며 튀어나온 이 척 반 길이의 철전이 협곡
아래의 어느 지점을 겨누었다.

저 화살을 시작으로 전투가 벌어질 것이다.

사람들이 손에 땀을 쥐며 지켜보는 사이 살극달의 눈동자
가 살짝 빛났다. 강궁이 터질 듯 폭발한 것도 동시였다.

쒜애애액!

귀청을 찢는 파공성과 함께 철전이 어둠 속으로 사라졌다
싶은 순간 '악!' 소리와 함께 말을 탄 한 사람이 고꾸라졌다.
목에 화살 한 발을 박고 쓰러지는 그는 놀랍게도 화려한 복장
으로 한껏 멋을 낸 석일강이었다.

"발시!"

살극달의 입에서 명령이 떨어졌다.

자하부의 무인들이 일제히 화살비를 쏟아부었다.

　　　　　*　　　　*　　　　*

　아들의 주검을 눈앞에서 목도한 석단룡의 분노는 이루 말할 수가 없었다. 화살을 박은 채 쓰러진 석일강의 목에서는 아직도 식지 않은 피가 철철 흘러내리고 있었다.

　하지만 그 분노를 터뜨릴 사이도 없이 그는 머리 위에서 쏟아지는 화살비로부터 제마련의 병력을 이끌어야 했다.

　"대열을 정비하라!"

　갑작스럽게 쏟아진 화살 공격에 제마련의 무인들은 속수무책으로 당했다. 머리 위에서 귀청을 찢는 파공성이 쉴 새 없이 울리며 사람들이 죽어나갔다.

　전혀 예상치 못한 상황에서의 기습에 사람들은 혼비백산했다. 부지불식간에 검을 머리 위로 휘둘러 보지만 어둠 속에서 날아오는 화살을 피하기에는 역부족이었다.

　동악뇌성 이종학이 뇌궁대를 이끌고 좌방의 벼랑 꼭대기를 향해 화살을 날렸다.

　하지만 소용없었다.

　화살은 어느새 애초에 날아오던 곳이 아닌 다른 방향에서 날아왔다. 놈들은 한자리에 머물지 않고 이동을 하면서 화살을 쏘고 있었다. 필시 이종학과 뇌궁대의 반격을 염두에 둔 행동, 이처럼 정교한 전술을 구사할 수 있는 사람은 천하에 한 명밖에 없다.

살극달이 나타난 것이다.

"절벽을 오르는 길을 찾아라!"

이종학이 신비루의 수하들에게 명령을 내렸다.

"존명!"

냉좌기가 뇌궁대의 궁사들을 이끌고 빠르게 사라졌다. 그 사이에도 화살을 맞고 쓰러지는 사람이 곳곳에서 속출했다. 밀집한 상태에서 적을 맞는 것이 첫 번째 문제고, 횃불로 자신들의 위치를 밝혀주는 것이 두 번째 문제다.

"대형을 벌려라! 횃불을 꺼라!"

군사직을 맡은 철목단의 사자후가 협곡을 쩌렁쩌렁 울렸다. 그의 명령이 떨어지기 무섭게 빽빽하게 밀집해 있던 무인들이 이삼 장 간격으로 거리를 벌렸다. 횃불을 들고 있던 무인들도 불덩어리를 바닥으로 쑤셔 넣었다. 일천 개의 횃불이 사라지는 건 순식간이었다.

그 순간 칠흑 같은 어둠이 찾아왔다.

적들의 화살 공격은 계속해서 이어졌지만 명중률은 현저하게 떨어졌다. 사람들은 파공성에 집중하는 한편 머리 위로 검을 휘둘러 화살을 쳐냈다. 화살을 쳐내는 횟수가 늘어나면서 쓰러지는 사람 또한 점점 줄어들었다.

그러다 어느 순간, 적들의 화살 공격이 거짓말처럼 멈추었다. 사위가 칠흑처럼 어두운 가운데 쥐 죽은 듯한 고요가 찾아왔다. 영문을 알 수 없는 사람들은 잔뜩 상체를 낮춘 채 언제 어디서 쏟아질지 모르는 화살에 대비했다.

석단룡은 무언가 이상하다는 느낌을 받았다.

그는 살극달이 있을 거라고 짐작되는 좌측의 벼랑 꼭대기를 바라보며 속으로 생각했다.

'대체 무슨 속셈이냐?'

살극달은 벼랑의 꼭대기에서 어둠에 잠긴 협곡을 굽어보고 있었다. 일차 화살 공격으로 쓰러뜨린 적의 숫자는 어림잡아 오백여 명, 적을 경동시키고 혼란에 빠뜨리는 정도에서 끝이 났다.

하지만 이제부터가 진짜였다.

"시작하시오."

살극달이 소군악과 장곡산을 돌아보며 말했다.

두 사람이 가볍게 고개를 끄덕이더니 각자의 무기를 뽑아 들고는 수하들과 함께 협곡의 아래를 향해 신형을 던졌다.

흡사 떼로 자살하는 것처럼 보이지만 사실 이들의 손에 들린 검파에는 천잠사 한 가닥씩이 묶여 있었다. 천잠사는 다시 뒤쪽의 커다란 바위와 연결되어 있었다.

애초 적을 기습할 장소를 고르면서 살극달은 세 가지를 염두에 두었다. 첫 번째, 일만의 병력을 모두 집어삼킬 만큼 큰 어둠이 만들어질 것, 두 번째 오 리 내에 적들이 기어오를 만한 공간이 없을 것. 세 번째, 벽호공의 고수라고 할지라도 함부로 기어오르지 못할 만큼 까마득히 높은 벼랑으로 둘러싸여 있을 것.

이 세 가지를 충족시킨 장소가 바로 이곳이었다.

내공이 일정한 수준에 도달하게 되면 밝음과 어둠에 구애를 받지 않게 된다. 하지만 그건 어디까지나 빛이 한 줌이라도 있을 때의 이야기, 지금처럼 깊은 그늘로 들어왔을 때는 이야기가 달라진다. 일 갑자 이상의 내공을 지닌 절정고수들이라면 몰라도 여타의 무인들에겐 서너 장 앞의 사람을 식별하기 어려웠다.

잠시 후, 적진에서 찢어지는 비명이 울리기 시작했다. 어느 한 지점으로부터 시작된 비명은 곧 대열 전체로 걷잡을 수 없이 퍼졌다.

환술에 특화된 백귀총의 살수들과 은잠술에 관한 한 둘째가라면 서러워할 도방의 대도들이 적진을 종횡무진 달리며 닥치는 대로 살육을 자행하는 것이다.

장곡산과 소군악이 데리고 온 살수들과 대도들은 문 내에서도 수위를 다투는 고수들이었다. 어지간한 고수는 기척을 느끼기도 전에 목이 떨어질 수밖에 없었다.

어둠 속에서 팔십 명의 저승사자들이 달리며 닥치는 대로 살육을 자행한다고 생각해 보라. 혼돈의 도가니탕이 만들어 질 수밖에 없었다.

하지만 제마련에도 고수는 있었다.

그림자의 기척을 느낀 사람들이 검을 휘두르기 시작했고, 곳곳에서 금속성이 울렸다. 앞서 비명이 그랬던 것처럼 금속 성 또한 삽시간에 사방으로 퍼졌다.

하지만 도검이 부딪친다고 해서 꼭 적과 아군의 싸움이라 고 볼 수는 없었다.

당황한 제마련의 무인들은 누군가 곁으로 다가서면 살기 위해서라도 검을 휘두를 수밖에 없었다. 덕분에 아군끼리 죽 기 살기로 싸우는 경우도 적지 않았다. 제마련의 진영은 순식 간에 아비규환이 되어버렸다.

"매상옥, 장자이, 조빙빙을 구해라!"

"알겠습니다."

이구동성으로 대답을 한 두 사람이 각자의 성명병기를 뽑 아 들고는 협곡 아래를 향해 몸을 날렸다. 앞서 몸을 던진 이 들이 그랬던 것처럼 두 사람의 병기에도 천잠사 한 가닥씩이 묶여 있었다.

"검노, 가서 동악뇌성을 잡으시오."

"그놈만 잡으면 되느냐?"

검노가 박룡구가 매달린 쇠사슬을 아래로 축 늘어뜨리면서 물었다. 얼굴엔 흥분이 가득했다.

"제마련의 무인들 전부를 몰살할 수는 없소. 하지만 전방에 포진되어 있는 적 수뇌부들만 쓰러뜨리면 이 전쟁을 끝낼 수 있소. 명심하시오. 꼭 동악뇌성부터 쓰러뜨려야 하오."

"그건 좀 생각해 보고!"

말과 함께 검노가 협곡 아래로 몸을 던졌다.

"우리는 무얼 하면 되죠?"

독고설란이 물었다.

살극달은 대답 대신 전투가 한창인 협곡 아래로 시선을 던지며 말했다.

"전투란 흐름입니다. 그 흐름을 통제할 수 있다면 백 명으로도 십만 대군을 막을 수 있죠."

독고설란은 살극달을 따라 전장으로 시선을 돌렸다. 독고설란의 곁을 지키던 이자담과 궁즉통, 그리고 오당의 당주들도 덩달아 협곡 아래를 바라보았다.

그리고 사람들은 놀라운 광경을 목격했다.

벼랑의 그늘 때문에 칠흑처럼 어두워진 지점을 벗어난 후방의 적들이 앞으로 나아가지 못하고 있었다. 대열이 길게 늘어진데다 협곡의 폭이 좁은 탓이었다.

덕분에 석단룡이 일만의 대병력을 이끌고 왔음에도 불구하고 실제로 전투에 참가하는 자들은 선두의 천여 명이 전부였다. 백귀총과 도방의 고수들은 그 천여 명의 적진 속에 뛰어들어 지옥도를 연출하고 있었다.

이 모든 게 살극달의 귀신같은 전술 덕분이다.

자하부의 혈사 당시 살극달의 능력을 이미 견식했지만 이건 그때와는 차원이 달랐다. 독고설란은 불현듯 살극달이 두렵게 느껴졌다.

살극달의 말이 이어졌다.

"후방에 포진한 자들은 이삼류의 무인들이지만 적 병력의 대부분을 차지하고 있습니다. 그들이 가세하게 되면 기습의 유리함은 사라지고 전투는 장기전으로 돌입하게 될 겁니다. 그렇게 되면 우리가 패합니다. 패배는 곧 죽음입니다."

살극달은 잠시 사이를 두었다가 명령을 내렸다.

"그늘이 시작되는 곳을 기점으로 적 대열을 양단한 다음 전선을 구축하십시오. 무슨 일이 있어도 전선이 뚫려선 안 됩니다."

"목을 친 다음 몸통과 꼬리가 그늘 속으로 진입할 수 없도록 막으라는 얘기군."

이자담이 말했다.

"그렇소."

"여기 있는 사람들은 모두가 자하부의 정예들이오. 그런 일은 절대 없을 거외다."

"반드시 그래야 하오."

이자담이 뒤를 돌아보며 외쳤다.

"다들 들었지. 신나게 한 번 놀아보자고."

이자담을 필두로 독고설란과 궁즉통이 협곡 아래를 향해 몸을 던졌다. 외팔이 개비수, 단순무식의 전범 석두호, 털북숭이 역사 천인강, 산발의 개백정 고엽충, 미공자 여인옥이 오당의 고수들을 이끌고 뒤를 이었다.

홀로 남은 살극달은 낭떠러지의 가장자리에 서서 다시 한번 아래를 굽어보았다. 잠시 후, 독고설란, 이자담, 궁즉통이 이끄는 자하부의 무인들이 가세하면서 협곡은 아수라장이 따로 없었다.

문득, 석가장의 뇌옥에서 수라마군과 나누었던 대화가 생각났다.


"오경이 깊어진 줄은 어떻게 알았지?"

"바람 냄새와 빛의 기운으로 알 수 있지."

"이곳엔 바람도 없고 빛도 없다."

"있다. 네가 느끼지 못할 뿐."

"너는 느낄 수 있다는 말인가?"

"언제부턴가 대지에 가득 찬 기운들을 다른 사람들보다 좀 더 선명하고 구체적으로 느끼게 되었지. 마치 바람이나 공기처럼 내가 자연의 일부가 된 것 같다고나 할까."

"또 무엇을 볼 수 있지?"

"물질을 이루는 가장 작은 단위들. 기운이 깃들고 머물다 공(空)으로 사라지는 것. 그리하여 마침내 하나이면서 우주가 되는 것."

수라마군은 우주와 자아가 혼연일체가 되는 경지에 이미 접어들었다. 물아일체(物我一体), 사물과 나, 객관과 주관, 혹은 물질계와 정신계가 하나로 어울리는, 달리 조화지경이라고도 불리는 경지다. 수라마군은 또한 대지의 기운은 보는 게 아니라 느끼는 것이며 나아가 공명하는 것이라고도 했다. 그건 수련이 아니라 깨달음의 영역이었다.

살극달은 정기신(精氣神)을 활짝 열었다.

수라마군의 음성이 지척에서 들리는 듯했다.

"정(精)은 본체를 이루며 신장에 의지하고, 신(神)은 일신지주로써 심장에 깃든다. 정은 물질을 만들고 신은 물질을 관조하니[精氣爲物游魂爲変] 이 모든 걸 주재하는 건 기(氣)다. 기는 뇌에 깃들며 뇌력(腦力)을 생성한다."

살극달은 무념무상의 상태에서 온몸의 기운을 두정안에 집중시켰다. 인체의 기운과 천지의 기운이 공명하면서 대지로부터 아지랑이 같은 줄기들이 솟아오르기 시작했다.

아지랑이는 곧 빛으로 바뀌었고 살극달을 향해 무섭게 빨려 들어왔다. 빛줄기들이 실처럼 가느다란 경락을 타고 질주했다.

누가 인체의 혈도를 삼백예순다섯 개라고 했나. 여태 존재조차 알지 못했던 수많은 혈도가 심장을 따라 고동쳤다. 온몸이 불덩어리처럼 뜨거워지며 주체할 수 없는 힘이 느껴졌다.

살극달은 천잠사에 의지하지도 않고 협곡 아래를 향해 몸을 던졌다. 그의 머리카락이 허공으로 솟구쳤다. 강한 바람을 느끼며 오십여 장을 낙하한 살극달은 천근추의 수법을 펼치며 적진 한복판으로 떨어졌다.

쿠웅!

흡사 산이라도 떨어진 듯 고막이 얼얼해지는 굉음과 함께 지축이 크게 흔들렸다. 그와 동시에 엄청난 기의 폭풍이 몰아쳐 살극달을 중심으로 방원 십여 장을 해일처럼 휩쓸었다.

막강한 압력풍을 이기지 못한 제마련의 무인 백여 명이 빗자루에 쓸린 가랑잎처럼 날아가 버렸다. 그 와중에도 옷자락을 펄럭이며 의연한 모습으로 서 있는 몇 사람이 있었다.

동악뇌성 이종학, 장강어룡 노독환, 하백 철목단, 금적문주

이홍립과 그들을 상대로 악전을 치르는 검노, 소군악, 장곡산
이었다. 그리고 살극달이 나타나기 전부터 그들의 전투를 쓸
어보며 서 있던 하일검제 석단룡이 있었다.

살극달이 천천히 몸을 일으켰다.

이어 붉게 달아오른 안광으로 석단룡을 쏘아보며 말했다.

"하일검제, 너의 목을 가지러 왔다."

*      *      *

앞서 협곡으로 뛰어내린 장자이와 매상옥은 살극달이 명
령한 대로 조빙빙을 구하기 위해 곧장 적 대열의 깊숙한 곳으
로 달렸다.

조빙빙의 위치는 적들이 횃불을 끄기 전에 협곡 위에서 이
미 파악했다. 서너 장 앞을 분간하기 어려운 암흑 속에서 적
진을 달리는 일은 쉽지 않았다. 서너 걸음을 옮길 때마다 흐
릿한 형체의 그림자와 부딪쳐야 했기 때문이었다.

"창자를 발라주마!"

장자이가 여인의 입에서 차마 나오기 어려운 욕설을 퍼부
으며 맹공을 펼쳤다. 그림자도 파란 눈알을 번뜩이며 칼을 휘
둘렀다.

깡깡!

도검이 격돌하며 요란한 불꽃이 튀어 올랐다. 그 불빛에 의지해 적의 얼굴이 잠깐 나타났다가 사라졌다. 그 짧은 순간 파악한 위치를 근거로 눈앞의 그림자가 장자이와 매상옥의 사이로 뛰어들었다.

바람의 기척을 느끼는 순간 두 사람은 공간을 벌리며 동시에 적의 측면을 베어갔다. 하나는 도둑이고 하나는 살수다. 암중에서의 싸움에 특화된 두 사람에게 눈앞의 적은 상대가 되지 않았다.

"악!"

짧은 비명과 함께 피비린내가 확 풍겼다.

적이 쓰러지는 소리가 뒤를 이었다.

두 사람은 계속해서 달렸다.

역시나 대여섯 걸음을 옮기기 전에 또 한 명의 적이 나타났다. 적 또한 두 사람의 기척을 느끼고 다짜고짜 공격을 퍼부었다. 어떤 병기를 사용하는지 바람을 가르는 소리가 예사롭지 않았다.

깡!

격렬한 첫합, 그리고 질풍처럼 이어지는 세 합!

까강깡!

장자이와 매상옥은 협공을 하고서도 우위를 점하지 못했다. 귀신같은 신법으로 질풍처럼 몰아치는 적의 칼솜씨가 여간 비범하지 않았다.

놈은 장자이의 소월도가 상대적으로 무겁지 않음을 느꼈는지 오직 그녀만을 노리고 숨 쉴 틈도 없이 몰아붙였다. 아마도 여자라는 걸 알아차린 모양이었다.

게다가 적의 검초는 어딘지 모르게 음험하고 은밀했다. 매상옥이 곁에서 전권 속으로 연달아 쌍겹을 찔러 넣어보지만 그때마다 놈은 뱀처럼 교활하게 빠져나갔다.

한 번도 겪어보지 못한 적의 살기에 장자이는 등이 축축하게 젖었다. 연거푸 세 걸음을 물러나던 장자이가 발작적으로 외쳤다.

"창자를 발라주마!"

그 순간 적의 공격이 거짓말처럼 멈췄다.

암중에서의 싸움에는 한 가지 심각한 문제가 있었다. 눈앞의 그림자가 적인지 아군인지 알 수 없다는 것이었다. 백귀총과 도방에서 참전한 병력을 모두 합쳐도 겨우 팔십에 불과하다.

그에 반해 어둠 속에 갇힌 적의 숫자는 천여 명에 육박하니 암중에서 만나는 그림자는 십중팔구 적이다. 하지만 만에 하나 아니라면 어떻게 되겠는가.

그런데 정말 귀신 같게도 살극달은 이런 상황까지 염두에 두었다. 모두에게 각자의 신분을 나타내는 밀마를 만들어준 것이다.

'창자를 발라주마!' 는 나는 도방의 사람이라는 뜻이다. 상대가 아군이라면 그에 대해 반응을 할 것이다.

"뼈를 추려주지!"

'뼈를 추려주지' 는 백귀총의 살수들에게 주어진 밀마였다. 장자이를 죽음 직전까지 몰아붙였던 정체불명의 고수는 백귀총의 살수였던 것이다.

아군임을 확인한 백귀총의 살수는 살벌한 협박과는 달리 귀신처럼 사라져 버렸다. 잠시 후, 두 사람으로부터 대여섯 장 밖에서 '뼈를 추려주마' 라는 경고와 함께 맹렬한 금속성이 울렸다.

좀 전에 만났던 백귀총의 살수가 새로운 적을 맞아 싸우고 있는 것이다.

적아를 구분하기 어려운 것은 제마련의 무인들 역시 마찬가지였다. 백귀총의 살수가 상대하던 적은 '어느 문파의 누구냐?' 며 따지기만 하다가 비명을 지르고 쓰러졌다.

그가 쓰러지자 백귀총의 살수가 다시 사라지는 기척이 느껴졌다. 그는 멀지 않은 곳에서 또 다른 적을 찾아 싸울 것이다.

지금 이 협곡에는 방금 두 사람이 만났던 사람과 같은 백귀총의 살수가 삼십 명이나 돌아다니며 저승사자처럼 적의 목을 닥치는 대로 따고 있다. 도방의 고수들 역시 오십 명이나 된다.

그들은 아군끼리 만났을 때 서로 식별할 수 있는 묘안이 있다. 반면, 아군을 구분할 수 없는 적들은 어둠 속에서 상대가 누군지도 모르는 채 같은 편끼리 싸우다 죽는 경우도 허다했다.

장자이와 매상옥이 바로 그런 몇 사람의 곁을 지나고 있었다. 대여섯 명이 한 덩어리로 붙어 그야말로 난전을 벌이는데 하나같이 '너는 누구냐?' '나는 누구다!' '거짓말하지 마라!' 라는 말 따위를 하면서 싸우고 있었다.

이유가 있었다.

'나는 어느 문파의 누구다' 라고 당당히 밝히는 순간 저들 속에 섞여 있던 백귀총의 살수, 혹은 도방의 고수들 중 하나가 목을 쳐버렸기 때문이었다.

제마련의 무인들은 적아를 구분하지도 못하고, 서로 믿지도 못하는 상황에서 점점 사상자가 늘어갔다. 급기야 저 멀리 대열의 선두에서 석단룡의 일성이 터졌다.

"횃불을 밝혀라!"

하지만 횃불을 밝히려는 자는 많지 않았다.

저승사자가 사방에 돌아다니는 가운데 불씨를 일으키기가 쉽지 않았을뿐더러, 그렇게 불씨를 일으킨 사람은 스스로 제마련의 무인임을 밝혀 시선을 끄는 짓이었다.

불씨를 일으킨 자들은 어디에서 날아왔는지도 모를 비수를 목에 맞고 픽픽 쓰러졌다.

장자이와 매상옥은 혀를 내두르지 않을 수 없었다. 어둠 속으로 적을 유인하고, 화살을 쏘아 횃불을 끄게 만들고, 밀마를 만들어 적아를 식별하게 하고, 다시 횃불을 붙이려는 자를 우선순위로 죽이는 이 모든 작전이 바로 살극달의 머리에서 나왔다.

그는 이 모든 상황을 한 치의 오차도 없이 예측하고 있었다. 마치 저 높은 곳에서 내려다보는 천외천의 존재처럼.

장자이와 매상옥은 행여 나중에라도 살극달만큼은 절대적으로 돌리지 말아야겠다고 생각했다. 그러다 마침내 두 사람은 조빙빙이 있을 거라 짐작되는 지점까지 당도했다.

그 순간, 갑자기 화르륵 소리와 함께 두 사람을 둘러싸고 횃불 십여 개가 불을 밝혔다. 사위가 대낮처럼 밝아지며 장자이와 매상옥의 모습이 고스란히 드러났다.

당황한 두 사람은 황급히 걸음을 멈추고 병기를 고쳐 잡았다. 횃불을 든 자는 이십여 명, 어디선가 비수가 날아와 횃불 든 자들을 공격할 법도 하건만 비수는 날아오지 않았다.

횃불을 든 자들 너머에 또 하나의 횃불이 있었고, 바로 그 횃불 아래 한 사람이 포박을 당한 채 무릎을 꿇은 조빙빙의 목에 검을 들이대고 있었기 때문이다.

관자놀이를 향해 뻗은 눈초리가 흡사 칼날처럼 날카로운 중년의 검사는 석가장의 호법당주 조철건이었다.

"무기를 버려라."

조철건의 입에서 서늘한 음성이 흘러나왔다.

"빌어먹을!"

장자이가 어금니를 빠드득 갈았다.

혼란을 틈타 최대한 은밀하게 접근을 한다고 했는데 조철건이 이미 눈치를 채고 함정을 팠을 줄이야. 이렇게 되면 조빙빙을 구하기는커녕 자신들도 사로잡히게 된다.

무슨 일이 있어도 조빙빙을 구해야 한다던 살극달의 말이 생각났다. 앞으로 그의 얼굴을 어찌 본단 말인가.

"아픈 데는 없나요?"

장자이가 물었다.

조금이라도 시간을 끌어볼 작정이었다.

"보시다시피."

조빙빙이 싱긋 웃으며 말했다.

"살극달 공자가 언니를 꼭 구하라고 했는데, 이렇게 돼버렸네요."

"언니?"

"언젠 그렇게 불러달라면서요. 싫어요?"

"그럴 리가. 고마워."

"미안하지만 우린 무기를 버릴 수 없어요. 언니 하나만으로도 벅찬데 우리까지 잡히면 그가 마음 놓고 싸울 수 없거든요."

"너 미쳤어?"

매상옥이 장자이를 돌아보며 목소리를 쥐어짰다.

장자이는 들은 척도 않고 다시 조빙빙을 향해 말했다.

"그가 지면 우리도 져요. 눈치챘겠지만 지금 이곳엔 독행대도와 염라왕께서 각각 도방의 고수와 백귀총의 살수들을 이끌고 와 있답니다. 그리고 알다시피 독행대도는 내 아버지예요. 언니 하나 살리자고 아버지와 형제들을 위험에 빠뜨릴 순 없어요."

"알아."

조빙빙은 여전히 웃음기를 지우지 않았다.

"이해해 줘서 고마워요."

"건방진 년, 저 연놈을 사로잡아라!"

조철건의 명령과 함께 호법당의 고수들이 일제히 두 사람을 향해 쇄도했다. 장자이가 그들을 맞아 소월도를 휘둘러 갔다.

"에이, 쌍!"

매상옥이 욕설과 함께 쌍겸을 휘둘러 갔다. 검과 칼이 숨 가쁘게 오가고 요란한 금속성이 연달아 울렸다.

스무 명의 일류고수를 상대로 한두 명의 싸움, 애초부터 상대가 안 될 것 같은 이 싸움이 실제로는 싸움이 되었다. 조철건이 장자이를 사로잡으라고 했기 때문이었다.

오십여 초의 공방을 주고받는 동안 세 명의 적이 피를 뿌리며 쓰러졌다. 하지만 시간이 흐를수록 검초의 예리함은 사라지고 동작도 둔해졌다. 눈 깜짝할 사이에 장자이와 매상옥은 몸에 두세 개의 검상을 아로새겼다.

상대방을 충분히 압도할 수 있다고 생각했는지 조철건은 여전히 조빙빙을 죽일 생각을 하지 않았다.

독행대도와 염라왕이 와 있다는 얘기를 듣고 장자이와 매상옥까지 사로잡을 심산이었다. 조빙빙에 이어 두 사람까지 사로잡게 되면 이 싸움을 당장에라도 멈추게 할 수 있었다.

사실 이건 장자이의 속셈이었다.

그녀는 자신들이 중요한 인물이라는 사실을 은근히 흘림으로써 조철건의 욕심을 자신에게로 향하게 한 것이다. 심리적 빈틈을 이용할 거라는 살극달의 한마디를 듣고 흉내를 내 본 것인데 이렇게 통할 줄이야.

하지만 정말로 사로잡히게 되면 끝장이다.

눈 깜짝할 사이에 장자이와 매상옥은 두세 개의 검상을 더 새겼다. 지금의 상황이 마음에 들지 않는 매상옥은 피를 튀기는 난전 중에도 쉬지 않고 '젠장'을 연발했다.

"너 나 좋아하지?"

장자이가 검초를 뿌리는 와중에 느닷없이 물었다.

"뭔 헛소리야?"

매상옥이 아랫배를 찔러오는 검을 바깥으로 쳐내며 소리

쳤다.

"흥, 죽기 전에 고백하시지?"

"쓸데없는 소리 말고 싸움에나 집중해!"

매상옥이 고함을 지르며 장자이의 머리 위로 떨어지는 검을 쳐냈다. 그 틈을 타 장자이가 질풍처럼 돌아서며 매상옥의 후방에서 달려드는 적의 가슴에 소월도를 박아 넣었다. '억' 소리와 함께 적이 쓰러졌다.

"거봐. 제 죽는 줄도 모르고 나를 지켜주려 하잖아."

"그래, 좋아한다. 좋아해! 됐냐!"

"뚱뚱한 게 보는 눈은 있어 가지고."

"에이 씨!"

이런 상황에서 고백이라니.

매상옥은 폭풍처럼 밀려오는 허탈감에 힘이 쫙 빠지는 것 같았다. 이제 정말로 끝이었다.

그 순간, 마지막 숨통을 끊어놓으려는 듯 맹렬히 공격하던 적들이 비명을 지르며 쓰러지기 시작했다. 원인은 갑자기 나타나 등을 갈라 버리는 십여 명의 검수들이었다.

그중 하나가 조철건을 향해 빗살처럼 날아갔다. 당황한 조철건이 황급히 검을 휘둘러 상대를 쳐냈다.

깡!

새파란 불똥이 튀며 그림자가 한순간 신형을 멈추었다. 찰나의 순간 조철건은 조빙빙의 목을 향해 힘차게 검을 휘둘렀다.

인질을 죽여 상대의 공격을 다른 방향으로 유도하기 위해서였다. 과연 그림자는 조철건의 의도대로 움직였다. 하지만 그림자의 동작은 조철건이 예상했던 것보다 훨씬 빨랐다.

벼락처럼 몸을 꼬며 돌진한 그림자의 시퍼런 검이 조철건의 몸통을 사정없이 꿰뚫었다. 좌측 옆구리를 뚫고 들어간 검은 우측 어깨로 튀어나왔다.

"너, 너는……!"

조철건의 몸이 뻣뻣하게 넘어갔다.

즉사였다.

단 이 초로 석가장의 호법당주 조철건을 저승으로 보낸 사람은 제운학이었다. 그때쯤엔 제운학이 이끌고 온 검살십영이 조철건의 수하들을 하나씩 척살하고 있었다. 검살십영과 호법당 고수들 사이에도 현격한 무공의 격차가 났다.

제운학은 가볍게 검을 휘둘러 조빙빙의 몸에 묶인 밧줄을 끊어주었다. 그가 매상옥과 장자이를 돌아보며 말했다.

"오공녀를 모시고 가시오."

제운학은 이어 검살십영을 돌아보며 말했다.

"이들을 안전한 곳까지 호위하라!"

"존명!"

검살십영의 수장 한동휘가 우렁차게 대답한 후 수하들과

함께 장자이, 매상옥, 조빙빙을 에워쌌다. 호법을 서려는 것이다.

장자이와 매상옥은 그야말로 어리둥절한 얼굴이 되었다. 적이어야 할 제운학이 왜 뜬금없이 자신들을 돕는 것인가.

제운학은 어떻게 손에 넣었는지 소리비검을 조빙빙에게 건네주며 말했다.

"가라."

"왜 날 돕는 거죠?"

"혈기대주를 죽인 사람은 내가 맞다. 구차한 변명 따윈 하지 않겠다. 하지만 너를 걱정한 내 마음만큼은 진심이었다."

"성주를 죽인 사람은 살극달 공자가 아니에요."

"알고 있다. 시간이 없다. 어서 여기를 빠져나가라."

"함께 가요."

"그러기엔 너무 멀리 왔다."

제운학은 장자이와 매상옥을 돌아보며 다그쳤다.

"서두르시오!"

第十一章
복수를 하다

장자이와 매상옥이 조빙빙을 구출하던 그 순간 검노는 동
악뇌성을 상대로 결전을 치르고 있었다. 언제부턴가 횃불이
듬성듬성 나타나 사위를 조금씩 밝히고 있었다. 아군들이 쉴
새 없이 죽어나가자 제마련의 무인들이 목숨을 걸고 불을 붙
인 게 분명했다.

검노는 어쩌면 이 싸움이 생애 마지막 싸움이 될지도 모른
다는 생각이 들었다.

동악뇌성의 무공은 그만큼 무시무시했다.

쒜애애액!

찢어지는 파공성과 함께 강전 하나가 귓불을 스치고 갔다. 찰나의 순간 벼락처럼 고개를 꺾지 않았다면 볼때기에 정통으로 구멍이 났을 것이다.

등이 축축해지는 것을 느끼며 검노는 신형을 박찼다. 화살을 쏘고 또 다른 화살을 재는 그 찰나의 순간이 이종학에게 접근할 수 있는 유일한 틈이었다.

하지만 이종학의 연사술은 상상을 초월했다.

세 걸음을 채 옮기기도 전에 또 다른 화살이 날아왔다. 검노에게는 다섯 번째 화살이며 이종학에게는 마지막으로 남은 세 발 중 하나였다.

이종학과의 거리는 불과 대여섯 장, 검노는 체면 불고하고 바닥을 굴렀다. 무림인이라면 누구나 그 이름을 떠올리는 것만으로도 수치심을 느낀다는 나려타곤(懶驢打滾)이었다.

검노는 구르는 동안 머리 위로 세찬 바람이 흐르는 걸 느꼈다. 화살이 대기를 찢으면서 생긴 폭풍이었다.

'이제 두 발 남았다!'

나려타곤을 펼쳐 이종학과의 거리를 삼 장으로 좁힌 검노는 동작의 정점에 이르러 허리를 폄과 동시에 전방의 허공으로 솟구쳤다.

일어서자마자 이종학이 화살을 쏠 경우를 대비한 작전이었다. 한데 이종학의 화살은 허공을 향해 있었다.

쒜액!

짧은 파공성에 이어지는 화끈한 불 맛!

"악!"

화살은 정확히 왼쪽 어깨를 관통했다.

대경실색한 검노는 질풍처럼 몸을 비틀었다. 그때쯤엔 거리가 이 장으로 좁혀져 있었다. 철구를 휘두르면 충분히 격타할 수 있는 사거리였다. 검노는 십성의 공력을 담아 쇠사슬을 힘껏 당겼다.

"죽어라!"

후방으로 향해 있던 철구가 탄환처럼 날아갔다.

이종학이 제아무리 빠르다고 해도 화살을 재기에는 턱없이 부족한 시간이었다.

확실히 이종학은 화살을 재지 못했다. 대신 그는 왼 상체를 오른손으로 비틀어 철구를 흘려보냄과 동시에 왼손에 뽑아든 화살을 쭉 뻗었다. 화살이 향하는 지점에 정확히 검노의 심장이 있었다. 이 한 수로 검노의 죽음을 직감한 듯 이종학의 입가엔 비릿한 미소가 걸렸다.

"억!"

검노는 발작적으로 외치며 황급히 상체를 꺾었다. 쭉 뻗었던 오른팔도 뒤로 당겨졌다. 손목에 감겨 있던 쇠사슬도, 쇠사슬에 연결되어 있던 철구도 따라서 퉁겨져 왔다. 하필이면 그 방향에 이종학의 뒤통수가 있었다.

푹!

처퍽!

화살은 검노의 가슴을 비스듬하게 찔렀다.

반면 철구는 이종학의 뒤통수를 정확하게 가격했다. 뿜어져 나온 피가 검노의 얼굴을 덮쳤다. 가슴에 화살을 박고 후다닥 물러난 검노는 눈에 묻은 피를 재빨리 소매로 닦았다. 그제야 피투성이가 된 머리통을 달고 천천히 쓰러지는 이종학이 보였다.

"질긴 놈!"

이종학을 쓰러뜨린 검노는 이마에 흐르는 땀을 닦으며 주변을 둘러보았다. 어느새 더욱 많아진 횃불이 보였다. 그 횃불 아래에 적아의 구분이 훨씬 선명해졌다. 하지만 이미 늦었다. 적들과 아군들의 수가 그리 큰 차이 나지 않았던 것이다.

독고설란과 이자담, 궁즉통이 이끄는 자하부의 고수들이 병목 부위에서 전선을 구축해 새로운 적들의 진입을 막았기 때문이었다.

저만치 횃불이 솟아오른 사이로 철목단과 이홍립을 상대로 흉악한 칼질을 해대는 장곡산과 소군악이 보였다. 철목단과 이홍립은 두 명의 밤 귀신들에게 상대가 되지 않았다. 오십여 초를 넘기기 전에 싸늘한 시체로 변하리라.

그리고 그 너머로 살극달이 보였다.

그는 장대한 체구의 노인과 마주하고 서 있었다. 그리고 멀지 않은 곳에 석단룡이 서서 두 사람을 지켜보고 있었다.


*　　　　*　　　　*


검노가 이종학을 상대하는 동안 살극달은 한 사람과 마주하고 서 있었다. 장강수로맹의 맹주이자 십대고수 중 한 명인 장강어룡 노독환이었다. 한 자루 언월도를 비스듬히 쥔 그의 전신에선 가히 산악과도 같은 기도 뿜어져 나왔다.

"네놈이 살극달이로구나."

"수로맹과는 상관이 없는 싸움이다. 지금이라도 물러난다면 목숨은 부지할 수 있다."

"과연 듣던 대로 대단한 배짱을 지닌 놈이구나. 네놈의 지혜와 무공에 관한 얘기 또한 익히 들었다. 더는 잡설에 지나지 않을 터, 노부의 일도를 받아보아라!"

말과 함께 노독환은 언월도를 공중에서 한 번 휘둘러 오른손으로 옮겨 쥐었다. 전투에 임하기 직전 그가 언제나 하는 버릇이었다.

하지만 그는 그 버릇을 진작에 고쳤어야 했다.

언월도가 왼손에서 오른손으로 옮겨가는 그 찰나의 순간

살극달의 신형이 빗살처럼 쇄도했다. 대경실색한 노독환이 언월도를 사선으로 내리그었다. 도극에서 뿜어져 나온 시퍼런 도강이 대기를 찢어발겼다.

살극달은 달리는 중에 왼발을 살짝 바깥으로 옮겨 딛는 간단한 동작으로 도강을 흘려보냈다. 그때쯤엔 또 다른 도강이 대기를 갈라왔다. 살극달은 이번엔 오른쪽으로 피했다.

평범하다 못해 바보스럽기까지 한 두 번의 동작이 만든 효과는 실로 대단했다. 갈지(之)자로 잠깐 몸을 흔드는 사이 살극달은 이미 노독환의 면전에 다다른 것이다.

후방으로부터 반원을 그리며 일도양단(一刀兩斷)의 기세로 떨어지는 사왕검이 번갯불을 토해냈다. 그 번갯불의 궤적에 노독환의 정수리가 있었다. 노독환의 두 눈이 튀어나올 듯 커졌다. 그 순간.

쩍!

시원한 파육음과 함께 노독환의 몸은 두 쪽으로 갈라져 버렸다. 털썩 쓰러지는 인체의 단면을 따라 온갖 장기들이 주르륵 흘러내렸다.

살극달이 신형을 쏘고 노독환을 쓰러뜨리는 데까지 걸린 시간은 불과 반 호흡. 십대고수의 일인이자 흑도의 제왕이었던 장강어룡 노독환의 죽음은 그렇게 허무하면서도 잔인했다.

싸움이 이렇게 싱겁게 끝난 데는 이유가 있었다. 살극달이 좀 전에 보인 신법과 검초는 일류고수의 눈에도 보이지 않을 만큼 빨랐다. 실제로 협곡 안에는 수많은 사람이 있었고, 혼전 중에도 살극달과 노독환의 싸움을 지켜보았지만 그 누구도 살극달의 움직임을 보지 못했다.

그것을 볼 수 있었던 사람은 노독환과 석단룡이 유일했다. 살극달은 이미 입신의 경지에 든 것이다.

"기연을 얻었구나."

석단룡이 침잠한 얼굴로 말했다.

"너만 할까?"

"발칙한 놈, 요괴와 어울리더니 이젠 인간의 도리도 잊은 게냐?"

"그래서 하는 말이다. 석가의 꼬마야."

"무어?"

"강동석가가 대체 어떤 곳일까? 오랫동안 생각해 보았지. 송대(宋代)에 군비가 지나치게 늘어 양세(兩稅)의 수입이 줄자 나라에서 차와 술과 소금과 백반 따위의 일용품을 전매(專賣) 했지. 그때 관의 앞잡이질로 한밑천 잡아 양주에 뿌리를 내린 약삭빠른 자가 하나 있었다. 이름은 석관웅, 네놈의 오대조(五代祖)쯤 되려나?"

"네놈이 그걸 어떻게……!"

석단룡의 얼굴이 하얗게 질렸다.

정확히 육대조인 석관웅이 어떻게 해서 돈을 벌고 석가장을 세웠는지는 당대에 이르러 아는 사람이 거의 없었다. 석관웅이라는 이름 자체를 기억하는 사람이 없었다. 사백 년도 더 지난, 그야말로 까마득한 옛날의 일이기 때문이다.

"피는 못 속인다더니 할애비나 손자나 음흉하기가 막상막하더군."

살극달을 응시하는 석단룡의 얼굴이 붉으락푸르락해졌다. 두렵거나 부끄러워서가 아니다. 왠지 모르게 살극달에게서 수라마군을 보는 것 같은 느낌이 들었기 때문이다.

"설마, 네놈도……?"

"이럴 줄 알았으면 그때 석가의 씨를 말려놓을 걸 그랬지. 그랬다면 오늘 같은 일도 없었을 테니 말이야."

"노옴! 내 오늘 너를 죽여 요괴의 씨를 말리리라!"

말과 함께 석단룡이 구공신검을 뽑아 들고 달려왔다. 살극달 역시 사왕검을 들고 마주 달려갔다. 십여 장의 거리를 단숨에 좁힌 두 사람이 스치는 순간 벼락이 쳤다.

꽝!

새파란 불똥과 함께 사위가 한순간 밝았다가 다시 어두워졌다. 어느새 위치를 바꾼 두 사람은 질풍처럼 돌아서며 검을 휘둘렀다.

꽝! 꽈과과과과꽝!

격렬한 첫 합에 이은 질풍 같은 여섯 합.

그때부턴 숨 쉴 틈도 없는 공방이 오고 갔다. 실제로 두 사람은 숨을 쉬지 않았다. 입신의 경지에 든 고수들이 생사를 겨루는 싸움이다. 숨을 쉬는 것은 물론 눈 한번 깜빡이는 것으로도 승패가 갈릴 수 있었다.

수라마군의 구백 년 공력을 취한 석단룡은 확실히 달라져 있었다. 검초는 빠르기를 논하는 수준을 넘어 더는 쾌(快)에 연연하지 않는 경지가 되었고 검신에 실린 힘 또한 인간의 그것이 아니었다.

그건 살극달 역시 마찬가지였다.

검과 검이 부딪칠 때마다 고찰의 범종 깨지는 소리가 나는 것도 그 때문이었다. 꽝꽝 대는 소리에 협곡이 쩌렁쩌렁 울렸다.

막강한 음파를 이기지 못한 절벽이 부르르 떨렸다. 돌덩이들이 우수수 떨어져 내리기도 했다. 협곡 안에 있던 모든 사람이 전투를 멈추었다.

어떤 이는 고막이 터져 신음했고, 어떤 자는 귀를 틀어막고 비틀거렸다. 적이고 뭐고 싸울 수 있는 상황이 아니었다.

내공이 일정한 경지에 이른 자들은 자신들의 목숨은 물론 장차 무림의 향배를 좌우할 수도 있는 두 초인의 싸움을 숨죽여 지켜보았다.

그때쯤 살극달과 석단룡의 싸움은 절정으로 치달았다. 방원 삼 장의 공간 안에서 붙었다 떨어지기를 반복할 때마다 새파란 불똥이 밤을 밝혔다.

구백 년을 갈고닦은 인공의 공력과 대자연의 기운이 두 자루의 검을 통해 충돌하는 것이다. 구공신검과 사왕검이라는 희대의 마병이 아니었다면 벌써 산산조각이 났으리라.

그러다 어느 순간 두 사람이 발작적으로 물러났다. 석단룡은 얼굴에 붉은 혈선이, 살극달은 가슴에 붉은 혈선이 생겨났다. 피가 주르륵 흘렀다. 검강에 스친 것이다.

질 거라곤 상상도 하지 못한 존재에게 일격을 당한 석단룡의 분노는 대단했다. 그는 소매로 얼굴을 훔치더니 벼락처럼 신형을 쏘았다.

폭풍처럼 몰아치는 검세가 흡사 수십 개의 벼락이 동시에 치는 것 같았다. 항아리만 한 뇌전이 연거푸 살극달에게 달려들었다.

가문비전의 불고검(不顧劍)에 백백궁에서 약탈한 뇌향경천검(雷響驚天劍)의 무리를 얹어 토해내는 검강의 뇌전은 살극달을 중심으로 한 방원 십여 장을 눈 깜짝할 사이에 초토화해 버렸다.

땅거죽이 튀어 오르고 협곡 전체가 벌떼처럼 웅웅거렸다.

뇌전의 경파만으로 내장을 진탕당해 쓰러지는 이가 속출했다. 내공이 약한 자는 그 자리에서 피를 토하고 죽어갔다.

공전절후의 무학, 사람들은 적아를 막론하고 공포에 질렸다. 석단룡이 저 정도로 강했을 줄을, 저런 인간이 존재할 줄을 몰랐기에 사람들은 그야말로 입을 쩍 벌렸다.

한데 그런 인간의 폭풍 같은 공격을 죄다 받아내는 인간은 또 무엇이란 말인가. 살극달은 계속해서 뒷걸음질을 쳤지만 결국 석단룡의 검을 모두 받아내고 있었다.

전쟁의 흐름이고 싸움은 호흡이다.

상대의 힘이 흐르는 방향을 읽고, 나아갈 때와 물러날 때를 알며 나아가 상대의 힘을 내가 원하는 대로 통제하는 이 모든 것이 싸움이다. 그건 하수나 고수나 차이가 없다. 진리는 본시 단순한 법, 고수일수록 기본에 충실해야 한다.

그러다 어느 순간 석단룡의 신형이 허공에서 팽이처럼 회전했다. 주먹처럼 작게, 그러나 응축된 뇌전이 살극달의 옆구리를 강타한 것도 동시였다.

뻐엉!

온몸의 뼈가 산산조각이 나는 듯한 고통과 함께 살극달은 무려 십여 장이나 날아간 다음 절벽에 부딪쳐 떨어졌다. 정신이 아득했다.

"노옴! 숨통을 확실하게 끊어주겠다."

석단룡은 시간을 끌지 않겠다는 듯 살극달을 향해 무소처럼 돌진해 왔다. 그 순간, 살극달이 등을 붙인 절벽을 수평으로 달려오는 사람이 있었다. 순식간에 거리를 좁힌 그가 절벽을 박차며 석단룡을 향해 날았다.

'제운학!'

"죽어라!"

대갈일성과 함께 제운학은 검을 쭉 뻗었다. 검과 사람이 일직선으로 날면서 시퍼런 검기를 뽑아냈다.

"이런 미친놈!"

석단룡이 벼락처럼 좌장을 뻗었다.

그의 장심으로부터 항아리만 한 구체가 만들어지더니 그대로 제운학을 후려쳤다.

뻐엉!

제운학은 살극달이 등을 붙이고 있는 그 절벽에 부딪친 후 살 맞은 새처럼 떨어졌다.

팔다리가 비정상적으로 꺾여 있었다.

절벽과 부딪친 충격 때문이 아니었다.

석단룡의 벼락같은 경력을 맞는 순간 제운학의 사지는 이미 제멋대로 꺾여 있었다. 하지만 제운학이 마지막 순간에 내지른 검기가 구체의 경기를 뚫고 들어가 석단룡의 장심을 찔렀다.

검기에 맞은 석단룡의 왼손은 팔뚝까지 길게 찢어져 있었다. 목숨을 던져 일격을 가한 대가로 석단룡의 공세가 한순간 주춤해졌다.

"왜지?"

살극달이 제운학을 내려다보며 물었다.

"그는… 내게도 원수다."

"이제야 진실이 보이는 모양이군."

"반드시 그를… 죽여다오."

그 말을 끝으로 제운학은 목숨을 잃었다.

살극달은 다시 몸을 일으켰다.

두 팔을 위아래로 흔들자 우드득 소리와 함께 어긋난 뼈들이 저절로 맞춰졌다. 이어 양팔을 좌우로 뻗자 그가 딛고 선 대지로부터 수많은 아지랑이가 실처럼 피어올랐다. 아지랑이는 곧 빛으로 변해 살극달을 에워싸기 시작했다.

사람들은 숨죽이고 그 광경을 지켜보았다.

자신을 에워싼 빛이 하나로 응축되는 순간 살극달이 석단룡을 향해 신형을 쏘았다. 찢어진 팔뚝을 따라 혈도를 짚어 점혈을 하던 석단룡이 황급히 바닥에 꽂아둔 구공신검을 집어 들었다.

살극달의 사왕검이 일도양단의 기세로 석단룡을 베어갔다. 그 순간 사왕검의 검신이 쪽물처럼 파랗게 빛났다. 석단룡이 구공신검을 바깥으로 힘차게 휘둘렀다.

찌겅!

귀청을 찢는 굉음과 함께 석단룡의 구공신검이 싹둑 잘려 나갔다. 구공신검을 자른 사왕검은 그대로 석단룡의 아랫배를 베었다. 살극달은 벼락처럼 돌아서며 석단룡의 옆구리를 가르고, 뒤로 돌아가 등을 한 번 더 갈랐다.

이 모든 일이 그야말로 전광석화처럼 벌어졌다.

잠시 정적이 흘렀다.

사람들은 숨을 죽이고 석단룡을 바라보았다.

"어떻게……!"

석단룡의 몸이 천천히 넘어갔다.

흡사 모래성처럼 허물어지던 그의 몸은 바닥에 부딪치는 순간 여섯 조각으로 나누어져 버렸다. 죽어서도 믿어지지가 않는지 눈알이 까뒤집힌 채 살극달을 바라보고 있었다.

쥐 죽은 듯한 고요에 이어지는 벼락같은 함성.

"와아아아!"

그 함성을 뚫고 검노가 고래고래 고함을 질렀다.

"본좌는 혼세마왕이다! 검을 버리고 투항하는 자 목숨을 건질 것이요, 끝까지 저항하는 자 사지를 갈가리 찢어 들개의 밥으로 뿌려주겠노라!"

검노의 말이 끝나기가 무섭게 여기저기서 검을 버리는 소리가 들려왔다. 이홍립, 철목단, 이종학, 노독환에 이어 석단룡까지 죽어버리자 더는 싸울 의욕을 잃어버린 것이다.

흡사 교주라도 된 것처럼 의기양양해진 검노는 백귀총과 도방의 고수들, 그리고 자하부의 고수들을 수족처럼 부리며 이것저것을 지시했다.

진기를 모두 소진한 살극달은 때마침 보이는 바위에 털썩 주저앉았다. 저 멀리 조빙빙과 독고설란, 장자이가 자신을 향해 앞다투어 달려오는 것이 보였다.

그때쯤 협곡 저 너머로 서광이 비치고 있었다. 동이 터 오르는 것이다. 이백을 이끌고 제마련의 고수 일만을 상대로 펼친 전쟁이 끝나는 순간이었다.


*       *       *


약속한 대로 검노는 항복한 자들을 모두 살려 보내주었다. 석단룡이 이끌고 왔던 일만의 병력 중 살아서 혈사곡을 나간 사람은 칠천여 명이나 되었다. 삼천여 명이 단 이백 명에게 대량학살을 당한 것이다.

그로부터 보름 후, 뒤늦게 패주들의 죽음에 대한 진실을 알게 된 여덟 개 문파의 고수들이 석가장을 기습, 살아서 움직이는 모든 것들을 죽이고 장원에 불을 질렀다.

석부용은 목에 밧줄을 매단 채 양주 시내를 끌려다니다가 어느 이름 모를 거리에서 사지가 뜯겨 나가 죽었고, 석씨 성을 쓰는 방계혈족들은 야반도주했다. 그들은 이름과 신분을 숨긴 채 심산으로 숨어들었다.

석가장은 역사의 뒤안길로 사라졌다.

철목단이 이끄는 교룡방과 이홍립의 금적문 또한 성난 무림인들로부터 불벼락을 맞았다. 하지만 패주들의 죽음에 관여하지 않았다는 것이 밝혀지면서 멸문지화만큼은 면했다.

개방은 약속한 대로 살극달과 자하부의 명예를 찾는 데 힘을 실어주었다. 다시 자하부로 돌아온 독고설란은 흩어진 문도들을 다시 불러모으고 빠르게 혼란을 수습해 갔다. 검노는 독고설란의 간곡한 부탁으로 자하부의 장로가 되었다.

자하부의 복수를 두려워한 광동진가는 엄청난 재물과 사절단을 보내 관계의 회복을 시도했다. 검노가 사절단 중 한 놈을 때려죽이는 바람에 자칫 일이 시끄러워질 법했지만, 개방의 용두방주 취걸옹이 뒷수습을 해주었다.

취걸옹은 자하부를 떠나면서 궁즉통에게 은밀히 경고했다. 자하부가 평안하려면 저 늙은이가 일찍 죽기만을 바라라고.


장곡산은 떨떠름한 기분을 감출 수가 없었다.

그의 하나밖에 없는 딸 장자이가 데려온 신랑감 때문이었다.

"저놈이 아니었던 걸로 기억하는데……."

"저도 처음엔 살극달과 결혼하려고 그랬죠. 하지만 내가 쭈글쭈글 늙어가는 모습을 보여주기 싫어서 차버렸어요."

"나이는 너만 든다든?"

"아무튼 그런 이유가 있어요. 그리고 이 사람이 내가 좋아서 죽고 못 살겠다는데 어떡해요."

매상옥이 뜨악한 얼굴로 장자이를 보았다. 내가 언제 그랬냐는 표정이었다.

"아무리 그래도 그렇지. 어찌 살수 나부랭이를 사위로 들이리오."

매상옥은 죽을 맛이었다.

그래 좋다. 자기가 장자이를 좋아하는 건 사실이라고 치자. 하지만 자기들은 도둑놈 부녀가 아닌가. 도둑 주제에 살수 나부랭이라니.

"살수 나부랭이라뇨!"

장자이가 벌떡 일어났다.

"생긴 게 이래서 그렇지. 얼마나 저를 아껴주는데요. 말도 잘 듣고. 아버지께서 뭐라고 하시든 저는 이 사람과 결혼할 테니까 딴소리 마세요."

"고얀 놈."

장곡산은 장자이를 향해 한차례 눈알을 부라려 주고는 좀 전과는 다른 눈빛으로 매상옥을 바라보았다. 매상옥은 장곡산이 어쩐지 자신을 측은하게 바라본다는 느낌이 들었다.

*　　*　　*

살극달은 운남의 광산촌으로 돌아왔다.

처음 이곳을 떠날 때 불을 지른 초옥은 이제 터만 덩그러니 남아 있었다. 살극달은 초옥의 뒤편, 양부의 무덤 옆에 세 개의 무덤을 더 만들었다. 검살십영의 도움을 받아 회수한 하씨 삼 형제의 뼛가루를 품은 무덤이었다.

무덤을 쓰고, 향을 사르고, 술을 부어주었을 때는 해가 어둑어둑 지고 있었다. 그리고 자리를 피해주었다. 조빙빙이 하원일에게 하고 싶은 말이 있을 것 같아서였다.

무슨 할 말이 그리 많은지 그녀는 하원일의 무덤 곁에서 밤을 꼬박 새웠다. 그리고 아침이 되었을 때 살극달이 앉아 있는 나뭇등걸로 왔다. 초옥의 마당 가장자리에 있던, 하소추와 하대광이 차례로 찾아와 막내의 죽음을 전하던 바로 그 나뭇등걸이었다.

"혈기대주는 이런 곳에서 자랐군요."

"초라한 곳이지."

"아뇨. 아름다운 곳이에요. 좋은 사람들이 살았던 곳이니까."

"녀석은 이곳을 싫어했소. 남만의 척박한 광산촌은 녀석이 꿈을 펼치기에는 턱없이 좁았으니까."

"저도 그랬어요."

"작별인사는 다 했소?"

살극달이 자리에서 일어나며 물었다.

"소금사막으로 가실 건가요?"

"그렇소."

"저도 데려가 주세요."

"……?"

살극달은 의아한 표정으로 조빙빙을 바라보았다.

조빙빙의 얼굴이 홍시처럼 붉어졌다. 그녀는 살극달의 차가운 시선을 견디지 못하고 고개를 돌렸다.

그때 수풀 사이로 집채만 한 멧돼지 한 마리가 보였다. 큰 멧돼지 곁에는 강아지만 한 작은 멧돼지 열댓 마리가 바글바글 모여 서로 물고 빨며 장난을 치고 있었다. 어미 멧돼지가 새끼들을 데리고 산책을 나온 모양이었다.

"어머, 예뻐라."

"많이도 깠군."

"돼지니까요."

살극달의 농담에 조빙빙이 그제야 환하게 웃었다. 멧돼지는 어쩐 일인지 살극달을 한참이나 노려보다가 새끼들을 이끌고 조용히 사라졌다. 마치 살극달에게 새끼를 자랑하려고 왔던 것처럼. 봄소식이 들려오던 어느 날 남만의 이름없는 광산촌에서의 일이었다.

『비룡잠호』 완결